長編小説

ジョギング妻のしずく

草凪 優

竹書房文庫

目次

第一章　濡れたガンダーラ

1

楽園は意外に近場にあるものだ。

七尾(ななお)幸四郎(こうしろう)はジョギングシューズの紐(ひも)を締めると、玄関の扉を開けた。

眼の前は公園だった。

「ガンダーラ公園」という、一風変わった名前をもつ。

空は白々と明けて、新緑の木々から鳥の鳴き声が聞こえた。ただでさえさわやかな五月の風がひときわ清冽(せいれつ)に吹き抜けていく。

幸四郎は軽く準備運動をしてから走りだした。

ガンダーラ公園には一周約一キロのジョギングコースがあり、すでに同好の士が朝の日課に励んでいる。

幸四郎は今年大厄の四十一歳。ずっと年上の六十代、七十代も元気に走っていれば、意外なほど若いジョガーも多い。女子大生ふうやＯＬふうの女が朝から汗を流している姿には、心洗われるものがある。

（吸って、吸って、吐いて、吐いて……）

幸四郎は呼吸を意識しながら走った。大厄の年まで運動とは無縁に過ごしてきたので、意識しないと呼吸ひとつもスムーズにはいかない。日頃の不摂生が祟って体型はすっかりメタボ気味だった。けれども体は重くない。ジョギングを開始して二週間で、着実に減量されたからである。たった二キロか三キロの話だが、それでも始めたころよりは間違いなく走るのが楽になっている。

「おはようございます」

後ろから追い抜いてきた顔見知りの女性ジョガーに挨拶され、

「おはようございます」

幸四郎はあわてて声を返した。彼女はスピードが速いので、あっという間に背中が小さくなっていく。あれほど軽快に走れたら、さぞや気持ちがいいだろう。いまはまだマイペースでしか走れないが、そのうちスピードアップにもチャレンジしたい。

いい公園だな、としみじみ思った。

四十一歳まで運動と無縁に暮らしてきた幸四郎がジョギングなんぞを始めてみたのは、ひと月ばかり前に引っ越してきた家の前に、この公園があったからだ。

引っ越してきたばかりのころは、いささかやりきれない出来事が重なって、連日深夜まで呑みつづけていた。いい歳をしてよせばいいのに、ある日は始発の時間が過ぎても呑んでいた。酔いと眠気で意識朦朧（もうろう）としながら帰ってくると、この公園で多数のジョガーが朝からさわやかな汗を流していた。

ジョギングがブームなのは知っていた。

ご当地マラソンだって花盛りだ。

とはいえ、子供のころから運動音痴の自分には、縁のないものだと思っていた。ガンダーラ公園の前に引っ越してこなければ、そしてこの朝の景色を見ることがなければ、おそらく縁のないままだったろう。

ガンダーラ公園のジョギングコースは平坦で、途中で信号もなく、一周約一キロと手ごろな距離であることから、近隣のジョガーから絶大な支持を受けていた。これから仕事だというのに、誰もが一所懸命汗をかいている。

毎晩酒場でクダを巻き、よれよれのスーツで朝帰りをしている自分は、なんというダメ人間かと思った。

仲間に入りたかった。

不健康な生活とは金輪際手を切って、朝からさわやかな汗を流す健康的な生活に、ライフスタイルをチェンジしたかった。

いや……。

そういう気持ちもあるにはあったが、その日の夜にはジョギングシューズやウエアを買い求めに行き、翌朝にはジョギングコースをよたよた走っていた最大の原動力は、別にあった。

女である。

軽快に走り抜けていくジョガーたちをぼんやりと眺めていた幸四郎の前に、その女は現れた。

年のころ、四十歳前後。女子大生ふうでもＯＬふうでもなく、自分と同世代と思しき女だった。あえて言えば人妻ふうということになるだろうか。真っ赤なＴシャツに包まれたグラマラスなボディを、悩殺的に揺らしながら走ってきた。

さわやかでもなんでもなく、エロかった。

一足ごとに豪快にはずむ乳房はプリンスメロンを彷彿とさせ、黒いショートスパッツに包まれた尻や太腿は呆れるくらいむちむちしていた。太っているのとは少し違い、年を重ねた女だけが得ることのできる悩ましい皮下脂肪を有し、いわゆる脂が乗った状態の体型をしていた。ただ太っているわけではない証拠に、腰はしっかりとくびれているようだった。

もうずいぶんと走りこんでいるのか、赤いＴシャツは汗に濡れて肌に張りつき、ブラジャーの線がわずかに透けて見えていた。むんむんと湯気がたつ体からは、汗の匂いだけではなく、甘やかなフェロモンまで漂ってきそうだった。

それにも増してエロかったのが、顔だ。

普通にしていれば整った美形なのだろうが、苦しげに眉根を寄せ、ハアハアと息をはずませている表情が、情事のときのそれを生々しく想起させた。いや、情事のときそのままの顔で走っていたと言ってもいい。

幸四郎は驚いた。

こんないやらしい顔を、無防備に世間にさらしていていいのかと思った。テレビのマラソン中継が彼女の姿を映したら、放送事故になってしまうのではないだろうか。

酔いと眠気が幻覚でも見せているのかもしれない——そう思って頬をつねってみると、しっかり痛かった。彼女を見た瞬間、酔いも眠気も吹っ飛んでいた。前からの眺めも素晴らしかったが、後ろ姿もまたそそった。揺れはずむ乳房がプリンスメロンなら、尻の双丘の重量感は小玉スイカだった。

「や、やりてえ……」

プリン、プリン、とヒップを揺らしながら走り去っていく彼女を見送りながら、思わず独りごちてしまった。まわりに人がいなくて本当によかった。誰かに聞かれていたら人間性を疑われたことは確実だし、揺れる尻丘を見送る顔つきだけでも、それこそ世間にさらしてはならないものだったに違いない。

2

自分はべつに女に目がない遊び人タイプではない、と幸四郎は思っている。

むしろ逆で、性格は真面目で堅物（かたぶつ）、酒は好きだが、キャバクラやスナックなど、女が隣に座るような店には決して近づかない、硬派な酒呑みと言っていい。

若いころから女は苦手だった。はっきり言ってモテなかったし、どうすればモテるようになれるのか皆目見当がつかなかった。

そういう男にありがちなパターンのひとつとして、べつにモテなくてもかまわない、と開き直っている場合があるが、幸四郎はまさにそれだった。

もちろん、内心ではモテたくてモテたくてしょうがなかったが、ヘアスタイルや服装で生まれもった容姿を底上げするのも恥ずかしく、へりくだった態度で女に接することもできなかった。

ありのままの自分を愛してくれる女が出現してくれることを祈りつつ、ただじっと待っていた。待っているうちに四十路（よそじ）、五十路（いそじ）になってしまったら悲劇だったが、幸運なことに、三十歳のときに出会いがあった。

会社の同僚が主催したコンパでひとつ年下の雅美と知りあい、彼女も三十路を前に結婚を焦っていたことから、トントン拍子に結婚が決まった。

幸四郎は雅美を大事にした。不器用なので表層的なことはあまりできなかったが、少なくとも心の中ではいつも感謝を忘れなかった。しかし、子宝に恵まれないまま十年も一緒に過ごしていると、どうしようもなく倦怠期が訪れる。幸四郎は仕事が忙しくなり、雅美は趣味や習い事にばかり精を出すようになって、食卓での会話が減り、気がつけばすきま風が吹いていた。

決定的だったのは、この四月に異動になったことだ。

幸四郎は大手不動産会社がチェーン展開する、全国に数百ある支店のひとつで働いている。東京のような大都市ならどの駅にもひとつはある、賃貸物件の斡旋窓口である。どの支店も従業員は五、六人の規模だ。

東京出身の幸四郎は大学卒業後、都内の支店でキャリアを積んでいたのだが、結婚を機に北関東の僻地にある支店に異動を希望した。そこが雅美の故郷で、彼女が地元に住みたがったからである。

冬のからっ風には辟易したが、空気が綺麗に澄み、食べ物がおいしく、のどかな雰囲気のいいところだった。なにより女房の願いを叶えてやれることに、男として自尊心がくすぐられ、彼の地で十年を過ごした。おそらく、このまま骨を埋めることになるだろうと思っていた。

ところがこの四月、突然本社から東京への異動を命じられた。

かなり例外的なことだったので仰天したが、このタイミングで東京に戻るのも悪くないのではないか、と思った。都会暮らしの刺激が倦怠期を迎えた夫婦の関係を改善してくれるかもしれないし、水が変われば子宝にだって恵まれるかもしれない、そう考えたからである。

しかし、異動の内示を妻に告げると、

「冗談じゃないわよ」

雅美は一笑に付した。

「どうしていまさら、東京に戻らなくちゃいけないの。行くならあなたひとりで単身赴任してください」

「おいおい……」

普段は温厚な幸四郎も、さすがにキレそうになった。

「子供がいるならともかく、夫婦ふたりで単身赴任はないだろう」

「だってわたし、地元から離れたくないもの」

「そんなこと言わないでついてきてくれよ。いまさら独り暮らしなんて、お互いにしんどいじゃないか」

「しんどいのはあなただけでしょ。家事がなんにもできないんだから」

「そうかもしれないけど……」

「わたしは久々に独り暮らしがしてみたいな。てゆーか、もういっそのこと、別居って考えてもいいんじゃないかしら。わたしたち最近、会話もなければセックスもしてないし……このままなら、離婚も視野に入れなくちゃいけないかもね」

雅美は冗談めかして言ったが、その言葉には一握（いちあく）の本気が盛りこまれているように感じられた。たしかに最近、すっかりセックスレスだった。子宝云々（うんぬん）の前にそれを解消しなければならないことは、幸四郎自身よくわかっていたが、寄る年波には抗（あらが）えず、四十路をすぎてからめっきり精力が衰えてしまった。

結局、いくらなだめてもすかしても、雅美の決意は変わらず、幸四郎はひとりで東京に行くことになった。子供もいないのに単身赴任などとは恥ずかしくて言えず、いずれ雅美を説得するつもりで会社には一戸建ての家を用意してもらったものの、広々とした家にひとりポツンとたたずんで、途方に暮れるしかなかった。

（離婚か……）

冗談めかしていたけれど、雅美の口からそんな言葉が飛びだしたショックは大きかった。四十歳になったとはいえ、雅美はまだまだ若いし、スタイルも維持している。すっかり中年じみてきた幸四郎とは違い、その気になれば再婚くらいやすやすとできる自信があるのだろう。

（離婚は……それだけは絶対にダメだ……）

妻への愛が薄らいでいることは認めざるを得なくても、幸四郎は生来の見栄っ張りだった。若い時分、べつにモテなくてもかまわないと開き直っていたのもそのせいだが、四十路を過ぎれば開き直ってもいられない。

モテモテの独身貴族ならともかく、四十一歳にもなって独身でいるのは恥ずかしすぎる。それも、妻に三行半（みくだりはん）を突きつけられてとなれば、男のプライドはズタズタだし、いい物笑いの種になってしまうだろう。

不運はさらに続いた。

新天地にやってきたらやってきたで、そこには天敵になる人物が待ち受けていた。

支店長に任命された幸四郎の部下、副支店長である棚田沙雪がそれだった。

年は二十九歳。有名女子大を卒業した才媛で、仕事のできる女だった。眼鼻立ちは整い、長い黒髪はシルクのような輝きをもって、タイトスーツをぴたりと着こなした姿はいかにもキャリアレディ然とした麗しさがあるから、才色兼備と言っていいだろう。

ただ、性格にはクエスチョンマークをつけざるを得なかった。

幸四郎が支店長に任命された支店は、最近人気の新興住宅街にあることから、規模が小さいわりに売り上げが大きかった。首都圏に百以上ある支店の中で、トップテンに入るほどだから大変なものである。

三年前からそこで副支店長を務めていた沙雪は、自分の働きで売り上げを上げてきたという自負があったのだろう。先任の支店長が定年になれば、当然自分に支店長の椅子がまわってくると考えていたらしい。

ところが蓋を開けてみれば、北関東から引っぱりだされた幸四郎にポストをさらわれてしまったのだから、面白いはずがない。初対面からツンケンした態度をぶつけられ、必要な情報を故意に伝えてこないことが何度か続き、幸四郎はキレそうになった。

もちろん、気持ちはわかる。

五人いる支店のメンバーの中でも、彼女は抜群にやる気があるし、客への対応もきめが細かい。玄関マットやトイレが汚れていると、最初に気づいて掃除をするのは、たいてい彼女だ。仕事に対しても、この支店に対しても、愛着があることがひしひしと伝わってくる。よほど支店長になりたかったのだろうなと、背中を見るたびに思ってしまう。

だが、さまざまな感情をぐっとこらえて会社のために働くのが、サラリーマンというものだろう。人事に関してはとくにそうで、自分の思い通りにならなかったからといっていちいち目くじらを立てていたら、組織の中で生きていけない。

思いあまった幸四郎は、支店長になって一週間目、彼女を会議室に呼びだした。

「なんでしょうか？」

会議室に入ってくるなり、沙雪は険しい表情で幸四郎を睨みつけた。

「ああ……」

幸四郎は咳払いをひとつしてから切りだした。

「話っていうのは、他でもない。少し態度をあらためてもらえないかね」

沙雪は顔色を変えなかった。

「子供じゃないんだから、いつまでも人事に拗ねててもしようがないだろう。会社のために働くのは、サラリーマンの宿命だ。会社のために働くってことは、会社の決めた命令系統を遵守するってことだ。いまのキミは職務怠慢と言われてもしかたがないよ」

気まずい沈黙が流れた。

幸四郎は沙雪の左手の薬指に、結婚指輪が光っていることに気づいた。

(似合わねえ……)

いかにもキャリアレディ然とした彼女に、結婚指輪は似合わなかった。あとから聞いた話では、まだ結婚一年未満の新婚らしいが、こんな気の強そうな女を嫁にしようという男が、よく見つかったものである。

「わたしは会社のために仕事をしてません」

　沙雪は沈黙を破り、きっぱりと言いきった。

「お客様と自分のために働いています。いくら勤め人だって、納得できないことは納得できないって主張していくことが、わたしの仕事観ですから」

「いやね、だからって僕に当たられても……」

　幸四郎は弱りきった顔で首を振った。

「べつに当たってるわけではないです。ただ、この支店ではわたしのほうが長いので、わたしのほうがわかることが多いんです。わざわざ支店長のお手をわずらわせなくても、わたしの判断で進めたほうが仕事が早いかと」

「それが職務怠慢だと言うんだ。命令系統を無視してる」

「見解の相違ですね。失礼します」

　取りつく島もなかった。ひとり会議室に取り残された幸四郎は、やれやれとつぶやいて深い溜息をつくしかなかった。

3

けたたましい音をたてて目覚まし時計が鳴った。

午前六時、いつものように幸四郎はベッドから起きだした。

仕事でもプライヴェートでもやりきれないことばかりだったが、もうヤケ酒は卒業した。宿酔(ふつかよ)いがないから寝起きも悪くない。今日も元気にジョギングである。

(吸って、吸って、吐いて、吐いて……)

呼吸を意識して走りながら、足を前に送りだす。いささか値の張るシューズを履いているので、ソールに入ったエアが心地よい躍動感を与えてくれる。

朝靄(あさもや)の煙る中を走る爽快感は、なんて素晴らしいものなのだろう。

最初は人妻ジョガーのエロさに惹(ひ)かれて走りはじめたものの、二週間も走りつづけていると、走ること自体に快感を覚えるようになった。不健康、不摂生だった体が、一日ごとに再生されていく実感があり、ほんのわずかだがランナーズハイのようなものも体験できた。

この二週間、あの人妻ジョガーを見かけることはなかったが、それでもかまわない。ジョギングに導いてもらえただけで、感謝の気持ちでいっぱいである。

その日は朝から湿気がひどく、鈍色の空はいまにも雨が降ってきそうだった。起き抜けからいつにも増して気力が充実していたので、いつもはコース三周のところを四周走ろうと思っていたのに、半周したところで雨が降りだした。

突然のスコールだった。

(うわあ、まいったな……)

幸四郎は顔にかかった雨を拭った。朝の日課に励んでいた常連のジョガーたちも、続々と大木の陰などに隠れ、雨をやりすごそうとしている。

だが、幸四郎は雨宿りをする気にはなれなかった。どうせ自宅は公園の前だ。市街地を走るわけでもないので、濡れていこうと思った。気温はそれほど低くなかったから、帰ってすぐに熱いシャワーを浴びれば風邪をひくこともないだろう。雨に打たれながら走りつづけるなんて、まるで青春真っ盛りのころのようではないか。

とはいえ、スコールは強まるばかりだった。濡れると覚悟した以上、意地になって走りつづけたものの、頭の先から靴の先までびしょ濡れになり、一足ごとにシューズの中に溜まった水がぐちょぐちょと気持ち悪い音をたて、ようやく自宅が視界に入ってきたときには、ホッと安堵の胸を撫で下ろした。

コースを走っているのは幸四郎ひとりだった。

と思ったら、同好の士がひとりいた。白いTシャツにオレンジのショートスパッツの女が向こうから走ってきた。

幸四郎と同じように、頭の先から靴の先までびしょ濡れだった。しかし、ゴール寸前で気持ちに余裕がある幸四郎と違い、泣きそうな顔をしていた。雨に負けずに走りきろうと決めたものの、スコールの強さに心を折られたという感じだった。走るのをやめ、トボトボと歩きだしても、雨宿りに向かわず呆然と雨に打たれている。

（おっ、彼女は……）

濡れた髪のせいで近くに来るまで気がつかなかったが、顔見知りのジョガーで、何度か挨拶を交わしたことがあった。垂れ眼で可愛い顔をした、三十歳前後の女だ。小柄だがメリハリの利いたボディは、トランジスタグラマーと言ってよかった。

「大丈夫ですか？」

すれ違いざま、足踏みをして声をかけると、

「まいっちゃいましたぁ」

泣き笑いのように顔を歪めた。

「どうせすぐやむだろうと思って走ってたら、どんどん強くなってきて……」

「本当ですねえ、まるで台風だ」

幸四郎は眼のやり場に困った。白いTシャツが濡れすぎて、ピンク色のブラジャーがくっきりと透けている。

「近所なんですか？」

「いいえ……二十分くらい走らないと……」

「そりゃ遠い」

雨音が激しすぎて、お互いの声がどんどん大きくなる。

「タクシー拾いたくてもお金もってないし、この格好じゃ乗せてくれるかどうかも……ううう……」

濡れたTシャツをつまんで本当に泣きだしそうになったので、幸四郎は焦った。

「じゃあ、僕の家、すぐそこですから、シャワーを浴びていってください」

「いいえ、でも……」

そのとき、雨脚がひときわ強くなり、会話を交わしていることもままならなくなった。

「来てくださぃ、すぐそこなんですよ、ホントに」

幸四郎は先に公園を出ていき、自宅の門に入って手を振った。早くおいでと手招きすると、彼女は申し訳なさそうな顔をしつつも小走りに駆け寄ってきた。

彼女は森野実和と名乗った。

幸四郎は実和をバスルームにうながし、自分はリビングでウエアと靴下を脱いだ。ブリーフまでびしょ濡れだったのでそれも脱ぎ、全裸になって体を拭った。実和が出てきたらシャワーを浴びるにしても、とにかく一度新しいものに着替えなければどうしようもなかった。

「ふうっ……」

着替え終えるとソファに腰をおろしたが、すぐにもう一度立ちあがった。ひと息ついている場合ではなかった。実和も自分と同じ程度に濡れているとなれば、パンティまでびしょ濡れということだ。シャワーを浴びた体に濡れたパンティを穿き直すというのは、いくらなんでも可哀相である。

バスルームの前まで小走りに駆けていき、

「すいませーん」

と声をかけた。返事がなかったので、しかたなく脱衣所の扉を開ける。脱衣所とバスルームは曇りガラスで隔てられているが、やましいことはなにもないのだと、幸四郎は自分に言い聞かせた。

「すいませーん、実和さーん」

「……な、なんですか？」

シャワーの音がとまり、怯えた声が返ってくる。

「そこのコンビニで着替えを調達してきますから、ゆっくり入っててください」

「えっ、でも……」

「いいんです、いいんです。困ったときはお互い様ですから」

幸四郎はわざとらしいほど明るい声で言い、廊下に出た。脱衣所の扉を閉めると、その場で天を仰ぎ、呆然と立ちすくんでしまった。

（なにやってるんだ、俺は……）

首にくっきりと筋を浮かべ、拳を握りしめて打ち震えた。その右手には、あってはならないものが握られていた。

曇りガラス越しに見えた、艶めかしい素肌の色がいけなかった。この家では独り暮らしだったので、あれほど生々しく見えてしまうものだとは思っていなかったのだ。肌の白さが眼に染みた。ミルク色に輝き、そのうえ丸かった。シルエットだけでも、女体を彩る悩ましいカーブを確認できた。

あわてて眼をそらすと、今度は洗濯機の上に置かれたものが眼に入った。雨でびしょ濡れになったTシャツとショートスパッツだ。左手でドアノブを持ちながら、右手でウエアの下にあるものを探った。予想どおりのものが隠されていた。

――その間、約五秒。

幸四郎の右手にはいま、ぐっしょり濡れたピンクのパンティが握られている。体温が移ったのだろう、ほんわかと温かい。ハンカチくらいの小さな布切れなのに、濡れているせいでずっしりと重量感がある。

いや、そんなことに感じ入っている場合ではなかった。こんなものを持ち出してきてしまって、いったいどうするのか。

（サイズを……確認するためさ……）

われながらあまりに苦しい言い訳だったが、つい出来心で持ってきてしまった以上、せめてジャストサイズのパンティを買い求めてくることで、罪滅ぼしをするしかないだろう。


パンティをひろげた。

サイズが記されたタグを探すつもりが、むんむんと漂ってくる悩ましい匂いに鼓動が乱れてしまう。雨だけではなく、汗もたっぷりと吸っているようだ。

視線は自然と、二重になった股布に吸い寄せられていった。全体はピンク色のパンティも、デリケートな部分にあたるところだけは白かった。白地に生々しい山吹色のシミが浮かんでいた。

（うおおおおーっ！）

胸底(きょうてい)で雄叫(おたけ)びをあげてしまう。シミはただの色ではなく、ガーゼ状の白い布地に縦長の皺(しわ)をくっきりと浮かばせ、それがありありと女の割れ目の形状を想像させた。ほんの五分前まで割れ目に密着していたのだから、きわどい形状を写しとっていても当然かもしれない。

顔とパンティがどんどん近づいていった。近づくほどに、汗の匂いに混じって、獣(けもの)じみた女のフェロモンが鼻腔に流れこんでくる。

(なにをやってるんだ……なにをやってるんだ、俺はーっ!)

女の下着を漁(あさ)るなどというあさましい行為は、多感な思春期ですら行ったことがない。中学や高校の修学旅行で、女湯をのぞいていた同級生がいた。幸四郎はそういう連中を心の底から軽蔑していたし、姉や妹の使用済みパンティを悪戯(いたずら)したことがあるなどと吹聴している輩(やから)に至っては、おぞましささえ覚えたものだ。

なのにいま、四十路を過ぎて人の道を踏みはずそうとしている幸四郎だった。素性さえよく知らない女のパンティを手に取り、シミを眺めてほのかな匂いを鼻腔に感じているのだから、もはや踏みはずしているのかもしれない。

幸四郎はこのとき、思春期には我慢していたことを、中年になってやってしまうことがあるという、ある種の真理を悟った。むしろ、思春期に羽目をはずしておいたほうがよかったのかもしれない。いま手にしているパンティの匂いを、もっと嗅ぎたくてたまらなくなってしまった。

股布に鼻をくっつけんばかりにして、くんくんと鼻を鳴らした。

ナチュラルチーズの発酵臭と磯の香りをブレンドしたような、懐かしくも強烈な匂いが鼻の奥に流れこんでくる。

匂いを嗅げば、今度は味わいたくなった。

そこまですれば、本当に人間失格だと思いつつも、舌が伸びていく。山吹色のシミを、舌先でツツーッとなぞってしまう。

（おおおっ……）

眼をつぶって味を噛みしめた。その瞬間、この愚行の原因をすべて悟った。

女に渇いていたのだ。

四十路を過ぎて精力が減退したことは事実だったが、欲望のすべてが消えてなくなってしまったわけではない。性欲は本能なのだ。たとえ体力と精力が減退しても、倦怠期の妻とセックスレスになっていても、どこかで肉欲を渇望していたのである。せつないほどに女体を求めていたのである。

「むうぅっ……むうぅっ……」

幸四郎は鼻息荒くシミを舐めまわしながら、痛いくらいに勃起していた。その感覚がひどく懐かしく、まだ痛いくらいに勃起できることが嬉しくてしようがなかった。

4

幸四郎は自宅のリビングで所在なくうろうろしていた。

日曜日の正午だった。

数日前のスコールが嘘のように、空は青く晴れ渡っていた。まさにジョギング日和であり、幸四郎にとっては仕事日和でもあった。

町の不動産屋は普通、水曜日が定休日で、土日はかき入れ時だ。幸四郎が勤めている大手会社の場合も、本社は土日が休みの部署が多いが、賃貸斡旋の窓口となっている支店は年中無休で、土日はかき入れ時だった。今日のように天気のいい日なら、陽当たりを気に入って即決してくれる客も少なくない。

幸四郎も、普段なら土日は出社しているのだが、平日の休みを代わってほしいと部下に頼まれてしまい、今日は珍しく休みだった。ならば眼の前の公園でジョギングにでも精を出せばいいのだが、予定があった。

実和がやってきてくれるのである。

数日前のスコールのときにシャワーを貸し、そのどさくさで彼女のパンティの匂いを嗅ぎ、シミを舐めまわしてしまった幸四郎だったが、もちろんそんな下劣な行為をいつまでも続けていたわけではなかった。すぐに近所のコンビニまで走っていき、パンティとTシャツを買い求め、さすがにブラジャーまでは売ってなかったが、かわりに自分のトレーニングスーツを貸し与えた。

そのお礼に、実和は今日、やってきてくれるのだ。幸四郎が単身赴任の哀しい立場であることを話したら、食事をつくらせてくださいと申し出てくれたのである。

「いやいや、いいですよ、そんな……」

幸四郎はいちおう遠慮したが、

「それじゃあ、わたしの気がすみません」

実和は譲らなかった。

「こう見えてもけっこう、料理の腕には自信があるんです。外食ばかりじゃ体によくないですから、一週間分くらいつくりおきしておいてあげます」

シャワーあがりの実和の頬はほんのりとピンク色に上気して、たまらなく色っぽかった。特別な美人というわけではなく、タヌキに似た愛嬌のある顔立ちだったが、どういうわけか色気だけはものすごかった。

むちむちしたスタイルのせいもあるだろうが、そのときの幸四郎の鼻にはまだ、びしょ濡れのパンティが放っていた汗の匂いや獣じみたフェロモンの記憶が生々しく残っていたから、その影響もあったのかもしれない。

（……んっ？）

バスタオルで髪を拭っている実和の左手の薬指に、結婚指輪が光っているのに気づいた。つまり、彼女は人妻だった。他人の女房に食事をつくってもらうのはいささか気が引けたけれど、実和の魅力には抗えず、申し出をありがたく受けることにした。


約束の午後一時ちょうどに、実和は家にやってきた。

スーパーの袋をふたつもさげていたので、本気で料理をしてくれるようだった。そのことにも恐縮してしまったが、それ以上にきちんと化粧をした顔を見てドキッとした。あたりまえだが、ジョギングをするときはメイクも控えめだろうし、シャワーを浴びればノーメイクである。いつもとは見違えるほど綺麗だった。タヌキに似た愛嬌のある顔立ちというのは、すっぴんの彼女にだけ相応しいようだ。

服装のせいもある。

マリンブルーの半袖（そで）ニットと白いスカートが、どちらもぴったりと体に張りつくようなデザインで、息を呑むほど女らしかった。小柄だがトランジスタグラマーな彼女の魅力が、十二分に伝わってきた。おまけにメイドが着けるような、胸当てのある白いフリフリしたエプロンまで持参してきてくれた。

「それじゃあ、お台所お借りしますね」

実和が料理を開始した。

女が自分のために料理をしてくれていると、とかく男はかまいたがるものだ。女にとっては邪魔だろうが、どうにもちょっかいを出したくなる。

新婚カップルや恋人同士であれば、邪魔であろうがなかろうが、寝技に雪崩（なだれ）れこんでしまうという手もあるだろう。しかし、実和は嫁でも恋人でもないから、身を寄せていくのは論外だ。幸いなことにこの家の台所はカウンターキッチンだったので、幸四郎は実和の向かいに陣取った。気が利く彼女は、ビールと簡単なつまみを出してくれた。

「悪いね、なんか、僕ばっかり……」

幸四郎が恐縮すると、

「いいんですよ。料理ができるのを待ってるのって、けっこう退屈ですもんね」

実和は言い、茶目っ気たっぷりに笑った。

「それに……実はわたしも呑みたいから。お行儀悪いですけど、料理しながらよく呑んでるんです」

「べつに行儀悪くないですよ。どんどん呑んでください」

「ふふっ、じゃあ乾杯しましょう」

ビールを注いだグラスを合わせた。実和はいける口らしく、喉を鳴らして旨そうに呑んだ。

「あーっ、おいしい。昼間のお酒って、どうしてこんなにおいしいのかしら」

「アハハッ、たしかに」

幸四郎は笑った。実和の無邪気な態度がまぶしかった。

「僕は最近、酒を控えてるんですけどね。たまに呑むと旨いですね。ジョギングのおかげで、健康になった証かな」

「いつから走ってるんですか？」

「恥ずかしながら、まだ二週間とちょっとです」

「ふふっ、わたしも同じくらい。でもあんまり成果が出ないから、そろそろ挫けそうです」

「公園のコースに加えて、往復で四十分も走るとなるとねえ」

「わたしも公園の眼の前に住みたかったな」

実和の料理の手際はよかった。ビールを呑み、おしゃべりしながらも、着々と材料を刻み、複数の鍋で調理を進める。

(成果か……成果ねえ……)

幸四郎は実和のボディを横眼で見ながら、胸底で溜息をついた。ジョギングを始める目的は人それぞれだろうが、健康維持とダイエットが二本柱に違いない。幸四郎自身メタボ気味の腹を引っこめたいと思っているが、女の過剰なダイエット志向はいかがなものかと思わざるを得ない。

なるほど、体脂肪の少ない、モデルのようなスレンダー体型は女にとって憧れの的かもしれない。洋服の選択肢が増えるから、オシャレな生活を送ることができる。

しかし、男の眼から見てみれば、痩せぎすの女はあまり魅力的とは言えないのである。少なくとも幸四郎は、女は肉だ、ふくよかさだ、と思う。乳房や尻が丸々として、太腿にはむっちりと張りがあり、ついでに二の腕も指でぷにぷにできるくらいのボディのほうが、抱き心地がいいのである。

「あなたは絶対そのままのほうがいいよ、ダイエットなんて愚の骨頂だ！」

と言ってやりたかったが、さすがに口にはできなかった。幸四郎には、彼女の抱き心地を云々する権利など、どこにもないからである。

料理が一段落すると、テーブルに移って本格的に呑みはじめた。

幸四郎が酒呑みであることを実和は目ざとく見抜いたらしく、ご飯のおかずはタッパーに入れて冷凍し、テーブルには酒の肴が並んだ。

オクラのなめたけ載せ、手羽先のユズコショウ味、イカのニンニクバター炒めなど、どれもグッとくるつまみばかりだったので、幸四郎はたまらず秘蔵の日本酒の栓を抜いた。昼間からちょっとした宴会のようになってしまった。

「なんだか罪悪感がわいてきちゃうなあ……」

幸四郎は酔ったおかげですっかり脂下（やにさ）がっていた。

「日曜日の昼に、人の奥さんを借りて、こんなに旨い酒が呑めるなんて……盆と正月がいっぺんに来たみたいだよ」

「喜んでもらえたなら、嬉しいです。わたし、あのスコールのとき、本当に助かりましたから」

実和も酔っていた。眼の下が赤らんで、尋常ではない色香を放っていた。

「しかし、日曜日なのに、ダンナさん、放っておいていいのかい？」

「ええ……」

そむけた横顔が、にわかに曇った。

「うちの夫……休みはほとんど家にいませんから」

「接待ゴルフとか？」

「ええ、まあ……そんな感じで……」

言いづらそうに言葉を濁す。

「ご主人も一緒に走ればいいのにねえ。ジョギングは素晴らしいよ。お金もかからないし、道具もいらない」

「七尾さんのほうはどうなんですか？」

実和は話題を変えた。

「こんなに広いお家に独り暮らしなんて……奥様とは一緒に暮らさないんですか？」

「いやあ……」

今度は幸四郎が顔を曇らせる番だった。

「もしかすると、ずっとこのまま独りかもしれないねえ。女房は地元の田舎(いなか)から動きたくないみたいで……」

手酌で酒を呑んだ。

「というか、僕にはもう、男としての魅力を感じてないんじゃないかなあ。はっきり言って、三行半を突きつけられましたからね。転勤を切りだしたとき」

幸四郎は酒の肴の笑い話のつもりで言ったのだが、実和は笑わなかった。それどころか、みるみる険しい表情になって、冷酒グラスに残っていた酒を一気に呷(あお)った。

「実は……わたしも同じなんです……」

絞りだすような声で言った。

「えっ？」

「わたしも七尾さんと一緒で、主人に別れ話をもちかけられてて……」

幸四郎は仰天した。

「それは……どうしてまた？」

理由を質していいものかどうか、躊躇いながらも質さずにはいられなかった。

「わかりません」

実和は髪を揺らして首を振った。

「でも、きっと七尾さんと一緒の理由です。わたしに女としての魅力を感じなくなったんだと思います」

「浮気じゃないの？」

「たぶん違うんです。浮気なら、まだ意味がわかるんです。でもうちの主人、なんていうかその、あんまり女にガツガツしてるタイプじゃなくて……」

「草食系ってやつか？」

「そうなのかなあ……とにかく趣味が大切な人で、Nゲージってわかりますか？　鉄道模型なんですけど、あれに夢中になってるんです。さっきは家にいないって言ったんですけど、ホントは部屋にこもってずーっと鉄道模型をいじってて。そうじゃないときは、模型屋さんに行ってるか、交流会に出てるか……」

「うーむ、趣味をもつのは悪いことじゃないと思うが……」

「わたしもべつに、Nゲージそのものが嫌なわけじゃないんです。だけど、突然別れたいって言われて……ホントにもう、わけがわからない……」

実和は両手で顔を覆った。泣きだしてしまうのではないかと幸四郎は焦ったが、実和はハーッと息を吐きだし、気を取り直して冷酒を呑んだ。

「それでわたし、自分なりにどこが悪いのか考えてみて……結婚して三年なんですけど、体重が三キロ増えたから、それなのかなあって……で、頑張ってジョギングなんか始めてみたんですけど……なんていうか、すごくみじめ……」

幸四郎はもう、言葉をかけることができなかった。彼女のように可愛い嫁を放りだそうとしている夫に対し、猛烈な憤りを覚えた。

5

「すいません。お手洗い貸してください」

実和が席を立ち、幸四郎は暗澹たる気分で酒を呑みつづけたが、戻ってきた実和の顔には笑顔が戻っていた。

「ごめんなさい、なんか変な話をお聞かせしてしまって。いまみたいな話、友達とかにもできないから、つい……」

「いや、まあ……それはいいんだけど……」

実和が明るく笑っているので、幸四郎も釣られて笑った。

「でも、もうやめます。せっかくだから、楽しく呑みましょう。今日はもう、タクシーで帰ることに決めましたから」

選手宣誓をするように、片手をあげて言った。言葉や態度の威勢のよさとは裏腹に、実和の足取りは覚束なかった。冷酒が効いたらしい。一歩、二歩、ふらふらと前に出て、グラリとよろめいた。

「危ない」

幸四郎は咄嗟に立ちあがり、実和を支えた。下心はなかった。しかし、支えた瞬間に下心が芽生えた。むちむちした肉感的な体つきは、支えただけで欲情を誘った。数日前に嗅いだパンティの匂いが鼻腔の奥に蘇り、一瞬、正気を失ってしまった。

「うんんっ！」

気がつけば、唇を奪っていた。ふっくらとした感触に陶然となった。実和は驚いて眼を丸くしたが、抵抗はしなかった。幸四郎はヌルリと舌を差しだした。さすがにすぐには口を開いてくれなかったが、しつこく唇を舐めまわしていると、やがて諦めたように迎え入れてくれた。

「ぅんんっ……ぅんあああっ……」

実和の舌は清酒の甘い香りがしたが、舌をからめているうちに、彼女の唾液本来の味が伝わってきた。幸四郎にとって久しぶりのキスだった。おかげで、舌をしゃぶりあげる行為に夢中になった。

「ぅんんっ……ぅんんっ……」

実和にとってキスが久しぶりだったかどうかわからない。しかし、幸四郎にも負けないほどの情熱で、舌をしゃぶり返してくれた。

もはやとめられなかった。

あるいはただのキスなら、途中で我に返ったかもしれない。しかし、ネチャネチャと音までたてて舌をしゃぶりあってしまったら、もうダメだった。いまさら我に返り、見つめあったところで、身をよじるほどの照れくささに苛（さいな）まれるだけだろう。

実和もわかっているようだった。

舌をしゃぶりあいながら、眼の下が欲情に紅潮していく。

幸四郎は水色のニットの裾をまくった。

「ああっ、いやあっ……」

実和はキスをといて声をあげたが、羞じらっているだけで、本気の抵抗ではなかった。ベージュのブラジャーが露わになった。驚くほどのカップの大きさだった。ぐいぐいとニットを上にずりあげていくと、実和はいやいやをしながらも、バンザイするように両手をあげた。幸四郎はニットを頭から抜き去り、ソファに押し倒した。

「信じられないよ……」

ハアハアと息を荒げて、ブラジャー越しに乳房をまさぐる。

「こんな素敵な人と離婚しようとしてるなんて……キミのご主人、頭がイカレちまってるんじゃないか……」

レースの妖しいざらつきに興奮しながら、ぐいぐいとふくらみに指を食いこませる。

「ああっ、言わないで……」

実和は乳房の刺激に身悶えた。

「夫のことは……夫のことは、もう言わないでください……」

すがるような眼で見つめられ、幸四郎はうなずいた。ほんの束の間、刹那(せつな)の間だけでも、つらい現実から離れていたいという健気(けなげ)な望みを、しっかりと受けとめた。

「すごい巨乳じゃないか。いったい何カップあるんだ」

ブラ越しの乳房を揉みしだきながら、どこまでも鼻息を荒げていく。すぐに生身を見てしまうのはもったいなかったが、我慢するのもまた不可能だった。背中に両手をまわしてホックをはずし、巨大なカップをめくりあげた。

「あああっ……」

実和が羞じらいに顔をそむける。その胸元では、鏡餅のように恐るべき量感のふくらみが、タプン、タプン、と揺れていた。重量に耐えられず、垂れてしまっているところに艶(つや)がある。あずき色にくすんだ乳暈(にゅううん)は、乳房全体に比例して大きめで、垂れ眼のパンダのように愛嬌があった。

「むううっ……」

幸四郎は両手ですくいあげ、十指を躍らせた。三十歳前後の若さにしては、意外なほどに熟れた乳肉だった。まるで搗(つ)きたての餅のように柔らかく、簡単に指が沈みこむ。こねるように揉みしだけば、変幻自在に形を変えて指を包みこんでくる。

「ああっ、いやあっ……あああああっ……」

悶える実和は、みるみる顔を上気させ、耳や首筋まで生々しいピンク色に染めていった。俗に巨乳は感度が低いなどと言われているが、彼女はそうではないらしい。乳房がとびきりの性感帯のようで、揉めば揉むほど呼吸が高ぶる。胸元がじっとりと汗ばんでくる。あずき色の乳首がポッチリと突起して、垂れ眼のパンダから愛嬌を奪い、卑猥な姿へと変貌していく。

幸四郎が獰猛に尖らせた唇で吸いつくと、

「あああああーっ！」

実和はのけぞって白い喉を突きだした。その様子を眺めながら、幸四郎は乳首を吸った。乳房や乳暈の迫力に比べ、乳首は小さくて可愛らしかった。もっと尖れと胸底でささやきながら、チュパチュパ吸った。乳暈ごと舐めまわし、あずき色の肌を男の唾液で濡れ光らせていく。双乳を揉みくちゃにしながら、甘噛みまでしてさらなる突起をうながす。

「ああっ、いやっ……いやああああっ……」

悶える実和はたまらない色香を放って、幸四郎をどこまでも挑発してきた。左手で乳房を揉みしだきつつ、右手を下半身へと這わせていく。白いスカートは分厚いコットン製だったが、にもかかわらず尻の丸みが手のひらに生々しく伝わってきた。ホックをはずしてファスナーをさげ、スカートを脱がした。

ストッキングは着けていなかった。逞しいほど肉づきのいい太腿が、生身で姿を現した。股間には、ベージュのパンティがぴっちりと食いこんでいた。幸四郎の鼻腔の奥に、再びスコールの日に嗅いだパンティの匂いが蘇ってきた。

「ああっ、ダメえええええっ……」

両脚をM字に割りひろげると、実和は激しく羞じらった。リビングには午後の陽光が燦々と降り注いでいたので、羞じらう気持ちはよくわかった。なにもこんなに明るいところでしなくとも、ムーディな間接照明の灯った寝室で抱いてほしいと願うのは、尊重すべき女心かもしれなかった。

しかし、幸四郎はもうとまれなかった。M字に割りひろげた両脚の中心にベージュのパンティが張りつき、その股布に生々しいシミが浮かんでいたからだ。縦長の、女の割れ目を彷彿とさせるシミだった。

「むううっ！」

躊躇うことなく唇を押しつけた。麻薬犬のように鼻を鳴らして匂いを嗅いだ。さすがに生身を包みこんでいるパンティだった。脱ぎ捨てられたものとは比べものにならないくらい、ねっとりと濃厚な獣じみた匂いが、熱気と湿気を伴ってむんむんとしている。思いきり鼻に吸いこむと、匂いの強さに眩暈を覚えてしまう。

「たまらないよ……」

興奮に身震いしながら、実和を見上げた。生々しいピンク色に上気させた顔を、これ以上なくひきつらせていた。だが、羞恥の裏側に、期待がしっかりと隠れていた。恥ずかしげに眉根を寄せつつも、わななく唇から「早く触って」という声が聞こえてきそうだ。幸四郎は奮い立った。

けれども勢いにまかせて愛撫するのは、大人の男の作法とは言えない。右手の人差し指で、こんもりと盛りあがった恥丘を撫でた。指を尺取り虫のように動かして、じわり、じわり、と丘から麓を責めていく。

「ああっ……あああっ……」

いまにも女の急所を責められそうな期待感に、実和が身構える。幸四郎はわざとクリトリスを避けて、指を下にすべらせていった。ベージュのパンティに浮かんだシミを、指でなぞった。じっとりと濡れた生地の奥に、柔らかい肉を感じる。パンティの中でむんむんに蒸れ、刺激を求めて疼いている。

「うっくっ……くくっ……」

パンティ越しのもどかしい愛撫に実和は長々と息をとめ、その反動でハアハアと呼吸をはずませた。幸四郎はねちっこく指を動かし、パンティ越しの愛撫を続けた。実和の焦れている表情が、たまらなくそそってやめられない。

(こんなことしたら、どうだ?)

パンティのフロント部分を掻き寄せ、ギューッと食いこませると、

「はぁあああーっ!」

実和は甲高い悲鳴をあげてのけぞった。突きだされた白い喉と、タプタプ揺れる豊満な双乳が、どこまでもいやらしく共鳴しあう。

しかし、それ以上に卑猥だったのは、もちろん股間だった。褌のような格好で引きあげられたベージュの生地の両脇から、黒い繊毛がチョロチョロとはみ出し、さらにぐいぐいと引っぱりあげると、くすんだ地肌まで見え隠れした。

「ああっ、いやあっ……いやああっ……」

実和は身をよじって羞じらったが、M字に開かれた脚は閉じなかった。白い太腿を波打つように震わせて、喜悦を噛みしめるように足指を丸めた。

（そーら、そーら……）

幸四郎が、クイッ、クイッ、とリズムをつけてパンティを引っぱりあげると、腰を揺らしはじめた。まるでマリオネットのようだったが、これほど卑猥なマリオネットがこの世に存在するわけがなかった。

6

幸四郎はパンティを操ることに夢中になった。

クイッ、クイッ、と引っぱりあげれば、実和はハアハアと息をはずませ、腰をくねらせる。パンティのフロント部分は褌状から紐状になって、股間というより女の割れ目にしっかりと食いこみ、黒い繊毛はおろか、アーモンドピンクの花びらさえ、いまにも露わにしそうである。

そろそろご開帳のタイミングだった。

焦れた実和の表情もいやらしいが、直接舌と唇で愛撫してやれば、さらに卑猥な表情を見せてくれるに違いない。

しかし、満を持して食いこんだパンティを片側に寄せていこうとすると、

「ああっ、待って」

実和が幸四郎の手を押さえた。

「わたしばっかり……わたしばっかり、裸にされて責められて、なんかズルいです」

たしかに、パンティ一枚になっている実和に対し、幸四郎はまだ、ズボンもシャツも着けたままだった。

「攻守交代です。今度はわたしにさせて」

実和は体を起こすと、戸惑う幸四郎と体を入れ替えた。ソファに座った幸四郎の足元にしゃがみこみ、ベルトをはずしてきた。

「いいよ、攻守交代なんて……せっかくこれから舐めてあげようと……」

幸四郎は未練がましく言ったが、

「ダーメ、今度はわたしの番」

実和は淫靡(いんび)な笑みを浮かべて取りあってくれない。慣れた手つきでズボンのボタン

をはずし、ファスナーをさげていく。

「はい、腰あげて」

幸四郎が腰を浮かせると、ズボンとブリーフを一気にずりおろした。勃起しきった男根が唸りをあげてそりかえり、幸四郎は少々照れた。われながら、呆れるほどの勃ちっぷりだったが、実和もそう感じたのだろう。

「やだ……」

恥ずかしそうに眼の下を赤らめて、顔をそむけた。

「こんなに大きいなんて……わたしのお口に入るかしら……」

裸身をもじもじさせつつも、彼女はやはり人妻で、恥ずかしがっているばかりではなかった。おずおずと右手を伸ばしてくると、肉茎に指をからませた。硬さと太さを確認するようにニギニギしては、顔を近づけて鼻を鳴らした。

「ああんっ、いやらしい匂い……」

うっとりした上目遣いで見つめてくる。

「恥ずかしいんですけど、わたし、フェラで興奮するタイプなんです。気持ちよくしてあげるだけじゃなくて、気持ちよくなっちゃうっていうか……まるで口の中に性感帯があるみたいに……」

独りごちるように言いながら、ピンク色の舌を差しだした。長い舌だった。舌腹が、ねっとりと肉竿の裏を這いあがってくる。

「むううっ……」

幸四郎は首に筋を立てて息を呑んだ。つるつるした舌腹の感触が新鮮で、勃起の芯まで染みこんでくるようだ。

「ぅんんっ……ぅんああっ……」

実和が舌を躍らせる。ピンク色の舌は本当に長く、しかも根元まで出して舐めるので、男根にからみついてくるようだ。大胆に舌を出すことで表情もこれ以上なくいやらしくなり、上目遣いで見つめられると、幸四郎の視線は釘づけになった。

おそらく、どれだけいやらしい顔をしているのか、実和は自分でもわかっているのだろう。挑発するように視線を向けながら、ねろり、ねろり、と肉竿を舐めた。尖らせた唇で鈴口をチュッと吸い、我慢汁を啜りあげた。

そしていよいよという感じで、亀頭を口唇に咥えこんでいく。口の中に性感帯があると言っていたことを証明するように、咥えこみながらうっとりと眼を細めていく。

リズミカルに顔を上下させ、味わうように亀頭をしゃぶりながら、深く咥えこんでいく。

（た、たまらん……）

根元まで咥えこまれると、幸四郎は全身が小刻みに震えだすのをどうすることもできなかった。彼女の口が小さいせいなのか、頬のすぼめ方が上手なのか、男根と口内粘膜の密着感が普通ではなかった。深く咥えられながら、唇をスライドさせられると、魂(たましい)が抜かれていくような気分になった。

「おいしい……」

実和は卑猥なほどに瞳を潤めてささやいた。

「硬くて太くてズキズキしてて……オマ×コに入れられたときのこと想像すると、ドキドキしちゃう」

ドキドキするのはこっちのほうだ！　と幸四郎は胸底で叫んだ。先ほどまでの実和は、四文字卑語を口にするようなタイプには見えなかった。フェラチオを進めるほどに、淫蕩(いんとう)な本性を露わにしていくかのようだった。

口に咥えこみはじめてからの、変化がすごかった。しゃぶっては舐め、舐めてはしゃぶり、時に頰ずりまでして、男根を愛撫する。自分の顔や手が唾液でベトベトになっていくのも厭わず、ただ一心に男の欲望器官と戯れる。

（口の中に……性感帯があるのか……）

ならばこちらから抜き差ししてやれば、どういう状態になるのだろうか。下の口を突きあげられるのと同じように、喜悦に悶えてよがり泣いてしまうのか。

幸四郎は受け身で口腔奉仕をされているのが、つらくなってきた。実和のあまりにいやらしいフェラチオが、男の欲情に火をつけた。

「むううっ……」

実和の頭を両手で押さえ、立ちあがった。仁王立ちになって頭を揺さぶり、勃起しきった男根で口唇をぐいぐいと突きはじめた。

「うんぐっ！　ぐぐっ……」

実和はさすがに驚いて、鼻奥で悶絶したが、幸四郎の勢いはとまらなかった。受け身でいても吸いこまれそうだった実和の口唇は、突けば突くほど密着感を増す、驚愕の口唇だった。まるで蜜壺と結合しているかのような錯覚が、抜き差しするたびに訪れる。

最初は特別な口唇の持ち主なのかと思った。

しかしそれは、一種のテクニックだった。

実和は眉根を寄せてうぐうぐとうめきながらも、幸四郎が出し入れするリズムに合わせて、男根を吸ってきた。緩急をつけ、強く吸ったり、弱く吸ったりする。強く吸われると蜜壺以上に食い締められ、弱く吸うときは口内で舌が躍る。たまらない快感のスパイラルが、男根をどこまでも野太くみなぎらせていく。

「むううっ……むううっ……」

幸四郎は実和の顔を犯すように腰を使った。時には顔が陰毛に埋まるほど深く咥えこませたが、実和はまったく怯まなかった。それどころか、喉奥で亀頭を締める裏技まで披露して、男の性感に奉仕してくる。

(まずい……まずいぞ……)

幸四郎の額に、じわりと脂汗が浮かんだ。男根の芯が疼きはじめ、仁王立ちの両膝がガクガクと震えだした。

射精が近づいてきたのだ。

このままでは口の中に出してしまいそうだった。

しかし、いい歳をして、いきなり口内射精というのは格好がつかなかった。なにしろ、まだ実和からパンティさえ奪っていないのだ。やりたい盛りの十代ではないのだから、途中で暴発とは情けないにも程がある。すぐさま回復する自信があるならともかく、四十一歳の精力ではそれも無理だろう。

「おおおおっ……」

それでも魅惑のフェラチオを中断する気にはとてもなれず、口からだらしない声をもらしてしまう。実和の頭をつかみ、髪を掻き毟って、腰を振りたてる。ずぼっ、ずぼっ、と突くほどに、射精が近づいてきて腰の裏側がチリチリと焦げた。もはや行く道を行くしかないと、実和を見る。

「だ、出すぞっ……」

首に何本も筋を浮かべ、唸るように言った。

「このまま……このまま出すぞっ……」

「ぅんっ！　ぅんぐぐっ！」

口唇を深々と犯されながら、けれども実和はたしかにうなずいてくれた。なんていい女なのだろうと思った。

「出すぞっ……出すぞっ……おおおうううっ！」

雄叫びをあげて腰をひねり、最後の一打を打ちこんだ。煮えたぎる欲望のエキスを、ドピュッと吐きだした。爆発にも似た衝撃的な快感が五体を打ちのめし、勃起の芯に灼熱が走り抜けていく。

「うんぐうううーっ！」

実和は鼻奥で悲鳴をあげながらも、男根を吸ってきた。ドクンッ、ドクンッ、と射精の発作が起こるたびに、したたかに男の精を吸引してくれた。

たまらなかった。

こんな快感は初めてだと思いながら、幸四郎は長々と射精を続けた。出しても出しても実和が吸ってくるので、発作はいつまでも終わらなかった。永遠に終わらないかもしれないと思ってしまったほどだった。

第二章　夢よもう一度

1

「おはようございます」

向こうから走ってきた実和が、足踏みになって挨拶してきた。

「ああ、おはよう」

幸四郎も答え、肩を並べて走りだした。

月曜日の朝だった。

ガンダーラ公園は今朝もジョガーたちの天国で、日課をこなす同好の士たちが、新鮮な空気を吸っては吐き、吐いては吸いながら走っている。

「いい天気ですね」

「ええ」

「もうすぐ梅雨だから、走れなくなってしまいますけど」

「カラ梅雨だといいのにねえ」

幸四郎と実和の会話は、いささかぎこちなかった。

昨日の気まずさを、まだ引きずっていた。

実和のあまりに気持ちいいフェラチオに夢中になり、そのまま口内射精に至ってしまった幸四郎は、その後回復しなかった。会心の射精で精も根も尽き果てて、おまけに酒まで呑んでいたので、セックスなどとても無理だった。

それどころか、ともすれば立ったまま失神してしまいそうなほどの強烈な睡魔に襲われてしまい、お詫びを言って実和に帰ってもらったときの、情けなさと言ったらなかった。かろうじて一緒にジョギングする約束だけはとりつけたものの、すっぽかされてもしかたがないと覚悟していた。

実和に申し訳なくてたまらなかった。

褌状に搔き寄せたベージュのパンティの奥で、実和の割れ目は熱く蒸れてむんむんと発情の匂いを振りまいていた。夫と不仲ということは、さぞや欲求不満も溜まっていることだろう。それを解消できるという思いで情熱的にフェラチオに勤しんでいたら、相手の男が暴発してしまったわけである。昨日の帰り道はきっと、行き場をなくした欲求不満を抱えて、叫び声でもあげたかったことだろう。

「あのですね……」

幸四郎は早速切りだすことにした。ジョギングで息があがってからでは、うまく話すことができそうにない。

「なんて言うか、その……昨日はすみませんでした」

「いいえ……」

実和の横顔がこわばった。気にしていない素振りをしていても、やはり気にしていることは隠しきれない。

「それでお詫びをしたいんですが……今日はこれから、時間ありますか？」

実和は専業主婦だと言っていたから、あるはずだった。

「え、ええ……」

実和が不思議そうな顔を向けてくる。自分はともかく、そちらにはお仕事があるでしょう、という心の声が聞こえてくる。

「今日は会社を休むことにしました」

幸四郎は前を見て走りながらきっぱりと言った。

「うちの会社、休みがシフト制なんで、そういうの意外に楽なんです」

実際には楽なわけがない。当日いきなり欠勤したら、他の社員に休みを代わってもらうこともできない。おまけに幸四郎は支店の長だった。女のために欠勤するなど、あまりにも無責任で、社会人失格な態度と言っていい。

だが、こんな気持ちのまま会社に出ても、仕事が手につかず、ミスを重ねてしまうことは眼に見えていた。痛恨と、なにより欲情で、平常心が揺らぎつづけることは間違いなかった。

「だから……その……なんていうか……」

震える声を絞った。

「このまま、その……ジョギングを終えたら……うちに来ませんか？」

返事はなかった。

実和を見ると、恥ずかしそうに顔を赤らめていた。どうすればいいのか逡巡しているのだろう。ジョギング中なのに息を呑んでいる。

「お、お願いします」

幸四郎がさらに駄目押しすると、ようやくうなずいてくれた。そのことで、一気にふたりの間に流れる空気が変わった。うなずいたということはつまり、これから昨日の続きをするということで、セックスをするということなのである。

(吸って、吸って、吐いて、吐いて……)

幸四郎は胸底で呪文のように唱えながら走ったが、呼吸がうまくできず、心臓は爆発的に高鳴っていった。コースはあと半周残っている。あまりの呼吸の乱れに、たったの半周がフルマラソンの四二・一九五キロにも感じられてくる。

チラリと実和を見れば、細めた眼がねっとり濡れて、頬が悩ましく紅潮していた。思いだしてしまったのだろう。

昨日、豊満な双乳を揉みくちゃにされた、幸四郎の愛撫を。パンティを女の割れ目に食いこまされ、繊毛がはみ出した恥ずかしすぎる姿を見られたことを。そしてなにより、口唇に含んだ男根の太さと硬さ、射精時の熱き脈動を。

(よーし、今日という今日は……)

幸四郎は幸四郎で、実和の体を思いだしていた。肉づきがよく、敏感で、抱き心地のよさそうな体だった。おまけに、朝っぱらからベッドインの要望に応えてしまうくらい、欲求不満が募っているのだ。誘っておいて言うのもなんだが、誘いに乗ってきたということは、そういうことに違いない。あの肉感的なボディにどれほどの欲望がつめこまれているのか、想像するだけで勃起しそうになってしまう。

待ちきれなかった。

急げば三分の距離だった。

自然と走るスピードがあがっていく。あうんの呼吸で、実和も脚の回転を速める。

だが、決して眼は合わせなかった。合わせれば照れくささと恥ずかしさで、お互い顔を真っ赤にしてしまうことはわかりきっていた。

2

町はまだ眠りから完全に覚めていなかった。

欲情に駆られたふたりだけが、早朝には似合わない異様なテンションで公園から飛びだしてきて、幸四郎の家に入った。

「……ぅんんっ！」

玄関に入るなり、抱擁し、唇を重ねた。まだ扉が完全に閉まっていなかったが、待ちきれなかった。一キロのコースをたったの一周しただけだったが、実和の体は熱く火照ってTシャツがじっとりと汗ばんでいた。幸四郎もまたそうだろう。

「うんんっ……ぅんんっ……」

荒ぶる鼻息をぶつけあいながら、ネチャネチャと音をたてて舌をからめあった。そうしつつ、ジョギングシューズを脱いで三和土からあがる。昨日はリビングのソファで始めてしまったが、今日は二階の寝室でじっくり愉しむつもりだった。ジョギングに出る前から誘うつもりだったので、そのための準備も万端整えてある。

「うんんっ……ぅんんっ……」

深い口づけを交わしながら、二階への階段をあがるよう実和をうながした。それはそれで、刺激的なやりとりだった。もう我慢できないという気持ちを前面に出すことで、気持ちがさらに盛りあがっていくからだ。

寝室に入ると、ベッドに押し倒した。出かける前に替えてあった糊の利いたシーツがひんやりして、火照った体に心地いい。

だが、そんなことを気にしていたのは一瞬のことだ。押し倒した肉感的なボディが魅惑的すぎた。Tシャツから漂ってくる汗の匂いに悩殺されていた。キスを中断し、Tシャツを脱がしにかかった。

「ああんっ……」

ピンクのスポーツブラを露わにされ、実和が羞じらう。タンクトップの小型版のような、いささか色気に欠けるデザインのブラだが、ジョギングしにきたのだからしかたがない。普通のブラジャーでは、おそらく巨乳が揺れすぎてしまうのだろう。

すかさず脱がした。

汗ばんだ豊満な乳房が、皿に盛られたプリンのように揺れる。裾野からすくいあげ、やわやわと揉んだ。揉み心地にはプリンの可愛らしさはなかった。搗きたての餅のような、圧倒的な肉の海だった。汗でヌルヌルになった素肌が、よけいにいやらしい揉み心地にしている。

「あああっ……」

ぐいぐいと揉みしだくと、実和は身をよじって悶絶した。巨乳にもかかわらず、敏感な乳房だった。あずき色の乳暈に舌を這わせば、みるみるうちに中心の乳首が盛りあがって、淫らがましく突起した。

幸四郎は続いて、ショートスパッツを脱がしにかかった。気持ちが急いていた。昨日の失態を挽回しなければならないという、プレッシャーも感じていた。昨日中断させられた地点から再開するつもりで、一気にパンティまで奪ってしまう。むっちりした太腿を左右に割り、M字にひろげていく。

「いっ、いやあああーっ！」

実和が悲鳴をあげたのは、ただ両脚をひろげられたからではなかった。幸四郎は、両脚をひろげると同時に、実和の背中を丸めこんだ。いわゆるマンぐり返しの体勢で、女の恥部という恥部を剝きだしにしたのである。

(すげえ……)

眼の前にひろがった光景に、生唾を呑みこまずにはいられなかった。可愛いハート型に茂った黒い草むら、くにゃくにゃと縮れながら身を寄せあっているアーモンドピンクの花びら、敏感そうな蟻の門渡りの一本筋、そしてキュッとすぼまったセピア色のアナルまで、舐めるように視線を這わせていく。

「ああっ、見ないでっ……そんなに見ないでくださいっ……」

実和が真っ赤になった顔をくしゃくしゃにする。寝室は間接照明で、ムーディなダークオレンジに照らされている。それでも視覚を遮(さえぎ)るほどではない。隅々まで見える。花びらの色艶から縮れ具合、合わせ目が淫らな粘液でヌラリと光っているところまで、しっかりとうかがうことができる。

「いやらしいな……」

思わずつぶやいてしまったのは、アーモンドピンクの花びらが肉厚だったからだ。ぽってりと厚みがあり、結合したときの心地よさを、ありありと想起させたからだ。

親指と人差し指をあてがった。輪ゴムをひろげるようにぐいっとくつろげると、つやつやと濡れ光る薄桃色の粘膜が、恥ずかしげに顔をのぞかせた。

「あああっ……」

実和が顔をそむけて羞じらう。しかし、きゅうっと眉根を寄せた表情から、歓喜が滲(にじ)みだしている。花びらに覆われていた部分に新鮮な空気を感じ、さらに男の視線を注ぎこまれて、いてもたってもいられなくなったようだ。

幸四郎は逸(はや)る気持ちを必死になだめ、ふうっと息を吹きかけてみた。薄桃色の粘膜にあたって跳ね返ってきた吐息はじっとりと湿り気を帯び、獣じみた発情のフェロモンがたっぷりと含まれていた。

舌を伸ばし、薄桃色の粘膜をねろりと舐めると、

「くぅううっ！」

実和は首に筋を浮かべ、食いしばった白い歯列の奥から悲鳴をもらした。喜悦を噛みしめているようだった。悲鳴は必死に抑えても、肉づきのいい太腿をぶるぶると波打つように震わせている。

「昨日はずいぶんたっぷり舐めてもらったからねえ……」

幸四郎はささやきながら、ねろり、ねろり、と舌を這わせた。薄桃色の粘膜はぴちぴちと新鮮な舌触りがして、みるみるうちに潤んできた。

「お返しにたっぷり舐めさせてもらわないとなあ……」

くなくなと舌を躍らせると、割れ目の間で舌が泳いだ。尋常ではない濡れ方だった。舌を離せば、いやらしいほどねっとりと糸を引き、唇を押しつけて吸いたてると、じゅるじゅると卑猥な音がたった。

「ああっ、いやあっ……ああっ、いやあああっ……」

実和が音を羞じらって悶える。割れ目だけではなく、全身がじっとりと汗で濡れている。スポーツでかく汗とは違う、甘ったるい匂いのする発情の汗だ。

「むうっ……むううっ……」

幸四郎は鼻息を荒げて舌奉仕に励んだ。薄桃色の粘膜を舐めまわしては、左右の花びらを交互に口に含んだ。興奮のせいでさらに肉厚さを増したのか、口に含むと驚くほど存在感がある花びらだった。

表面のヌメリを拭うように舐め、ふやけるほどにしゃぶりあげてやる。花びらだけではなく、蟻の門渡りからアヌスまで舌先を伸ばし、細かい皺を一本一本なぞるように舐めたてては、ヌプヌプと舌先をねじりこんでやる。

「ああっ、いやっ……そこはいやあああっ……」

実和はくすぐったがったが、感じていることはあきらかだった。アヌスを舐めては薄桃色の粘膜に舌を這わせ、花びらをしゃぶってはあふれる蜜を啜りあげた。

そうしつつ、右手の中指で肉の合わせ目をまさぐった。

いよいよ本丸に突入である。

まだ包皮に包まれているクリトリスのまわりを、指先でなぞった。

「ああっ……はぁあああっ……」

実和の反応が変わる。女の急所を刺激される予感に身構え、息を呑んでいる。

幸四郎は包皮をペロリとめくって、クリトリスを剝きだしにした。真珠色に輝く、美しい肉の芽だった。ふうっと息を吹きかけてやると、愛撫をねだるようにぷるぷると震え、みるみる尖りきっていった。

(本当に敏感な体だな……)

幸四郎は感嘆しながら、包皮を被せては剝き、剝いては被せた。行くぞ、行くぞ、とフェイントをかけつつ、なかなか直接的には刺激してやらない。

「くぅううっ……ううううっ……」

息を呑んだままの実和の顔が、みるみる真っ赤に燃えあがっていく。いまか、いまか、と待ち受けながら、ぐんぐん欲情を高めていく。

舌先でねちりと舐めると、

「はっ、はぁああああああーっ！」

実和は甲高い悲鳴をあげたが、身をよじろうにもマングり返しに押さえこまれているのでそれはできない。ねちり、ねちり、と幸四郎は敏感な肉芽を転がした。身動きを封じられている女体に、喜悦が溜まっていくのが手に取るようにうかがえる。

「むううっ！」

満を持して、クリトリスに集中攻撃を開始した。舐め転がし、吸いたてた。時に甘嚙みまで織り交ぜて、女の急所中の急所を刺激し抜いていく。

「はぁあああーっ！　はぁああああーっ！」

実和はちぎれんばかりに首を振り、髪を振り乱した。宙に掲げられた両足をジタバタと動かして、あえぎにあえいだ。

3

「ああっ、ダメッ……もうダメッ……」

実和が切羽つまった声をあげ、左右の足指をきつく丸めた。

「もうイクッ……そんなにしたらっ……イッ、イッちゃううううっ……」

クリトリスに集中攻撃を開始してから、まだ二、三分しか経っていなかった。やはり、よほど欲求不満を溜めこんでいるらしい。

（昨日のお返しに、このまま舌でイカせてやるか……）

幸四郎はピンピンに尖ったクリトリスを舐めまわしながら思ったが、

「ああっ、イクッ！　もうイッちゃうっ……」

実和の体がオルガスムスの前兆でガクガク、ブルブルと震えだすと、条件反射で舌をクリトリスから離した。

「いっ、いやあああっ……」

実和がカッと眼を見開き、またすぐに細めた。やるせない表情で睨んできた。

「どうしてっ……どうして途中でやめるんですか？　わたし、イキそうだったのに……」

「まだイクには早すぎる」

幸四郎は淫靡な笑みを浮かべてジョギングウエアを脱いだ。舌でイカせるのも悪くはないが、どうせなら一緒に昇りつめていきたかった。欲求不満の彼女がいちばん欲しがっているものを、もっとも痛烈な形で与えてやりたい。

ブリーフまで脱いで猛り勃った男根を出すと、

「ああっ……」

険しい表情で息をはずませていた実和の顔が蕩けた。昨日、フェラチオをした時点から、欲しくて欲しくてしかたがなかったものとの再会に、瞳を潤ませた。股間がじゅんと濡れる音まで聞こえてきそうだった。

「四つん這いになるんだ」

幸四郎は実和をうながした。彼女を抱けると思ったときから、最初の結合はバックと決めていた。肉感的なスタイルの女には、後背位こそが相応しい。

「いきなり……いきなり、バックですか……」

実和は羞じらいながらも膝を立て、尻を突きだしてきた。丸々と張りつめたヒップが、四つん這いになることでひときわ悩ましい姿になる。

「いい格好だよ」

幸四郎はうっとりとささやいて、突きだされた尻丘を撫でまわした。手のひらに吸いついてくるような丸みに、身震いをこらえきれないほどの興奮がこみあげてくる。しばらくの間、じっくり撫でまわしていたかったが、桃割れからむんむんと漂ってくるいやらしい熱気が、それを許してくれない。

男根を握りしめ、濡れた花園にあてがった。ヌメヌメした貝肉質の肉ひだが、早く入れてと誘うように、ぴったりと吸いついて嬉し涙をしとどに漏らす。

「いくぞ……」

幸四郎は両手でくびれた蜂腰をつかむと、大きく息を呑んだ。初めての女と、初めての結合だった。これほど心躍る瞬間が、この世に他にあるだろうか。

じりっ、と亀頭を埋めこむと、

「んんんんーっ！」

実和が悩ましい悶え声をもらした。その声に突き動かされるようにして、ずぶずぶと侵入していく。濡れた肉ひだを掻き分け、掻き分け、奥に向かって突き進む。

「んあああああーっ！」

ずんっ、と根元まで埋めこむと、実和の悶え声は歓喜の悲鳴に変わった。

「す、すごいっ……大きいっ……」

歓喜を噛みしめるように、尻肉をぶるぶると震わせた。豊満な尻肉だった。その中心に埋まっている男根まで震動が響き、幸四郎はじっとしていることができなくなった。

「むううっ！」

ずずっといったん引き抜き、つかんだ蜂腰を引き寄せて突きあげる。抜くときにカリのくびれにからみついてくる肉ひだの感触が心地よく、すぐに連打になる。豊満な尻肉を、パンパンッ、パンパンッ、と打ち鳴らし、怒濤(どとう)のピストン運動を送りこんでいく。

「ああっ、いいっ！」

実和が叫んだ。幸四郎も叫び声をあげたかった。一打ごとに密着感が高まっていく、素晴らしい蜜壺だった。サイズもぴったりだった。突きあげるたびに、亀頭がコリコリした子宮に当たる。夢中になって突きあげてしまう。

「はぁあああっ……響くっ……奥まで響くううっ……」

実和の呼吸は一足飛びに荒くなり、みずから四つん這いの体を動かしはじめた。尻を揺らし、性器と性器の摩擦感を倍増させる。搗きたての餅のように乳房をタプン、タプンとはずませて、あえぎにあえぐ。

「むううっ……」

幸四郎は両手を腰から胸へとすべらせて、双乳をすくいあげた。バックで責めながら、乳房を揉むことがなによりも好きだった。だから、肉感的なスタイルの女はバックに限るのだ。

「ああっ、いやあっ……いいっ……すごぃいいっ……」

実和が振り返り、せつなげに眉根を寄せた顔で口づけを求めてくる。幸四郎は応えた。口を吸いあい、ネチャネチャと舌をからめあいながら、柔らかな乳房を揉みしだいた。そうしつつ、腰をまわして蜜壺をしたたかに掻き混ぜる。実和も尻を振りたてる。ずちゅっ、ぐちゅっ、と淫らがましい音をたてて、肉と肉とがこすれあう。

たまらなかった。

巨乳は揉みしだくほどに手指に馴染んで、乳首を卑猥なほど硬く尖らせた。実和が漏らす発情のエキスは、みるみるうちにお互いの内腿を濡らして、玉袋の裏までねっとりと垂れてきた。

もう我慢できなかった。

幸四郎はキスと乳揉みを中断すると、もう一度くびれた蜂腰を両手でしっかりとつかみ直した。大きく息を呑み、体の内側にエネルギーを溜めこんでから、怒濤のピストン運動を送りこんだ。

パンパンッ、パンパンッ、と尻を打ち鳴らし、子宮を突きあげてやると、

「はぁおおおおおおーっ！」

実和は獣じみた悲鳴をあげた。もっとあえげ、もっとあえげ、と幸四郎は腰を振りたて、汁気を増すばかりの蜜壺をずぶずぶと穿つ。突き方に緩急をつけ、腰で「の」の字を書いたりしつつ、女体を恍惚へと追いこんでいく。

「あぁっ、ダメッ……もうダメッ……」

実和が切羽つまった声をあげ、両手でシーツをぎゅっと握りしめた。

「もうイクッ……イキそうっ……」

「いいぞ、先にイッて……」

幸四郎は鬼の形相で腰を振りたてながら、内心でほくそ笑んだ。これでようやく、昨日ぺしゃんこにされた男のプライドを取り戻せそうだ。

「ほーら、イケッ！　イくんだ……」

口ぶりには余裕を装っても、幸四郎にも限界が迫っていた。ただでさえ締まりのいい蜜壺が、オルガスムスの予兆で食い締めを増し、ひくひくと収縮している。突けば突くほど粘り気を増し、肉ひだがカリのくびれにからみついてくる。射精の予感に腰の裏側がざわつきはじめ、勃起の芯が疼きだした。

しかし、ここは我慢のしどころだった。

またもや先に果ててしまっては、男の沽券に関わるのだ。

「どうだ！　どうだ！」

顔を真っ赤にして、渾身のストロークを送りこんだ。四つん這いになった肉感的な女体が浮きあがるくらい、怒濤の連打を放った。

「ああっ、いやっ……いやいやいやっ……」

実和がちぎれんばかりに首を振る。

「もうダメッ……イッちゃうっ……イクイクイクイクッ……はぁあああああああーっ！」

身をよじり、ビクンッ、ビクンッ、と腰を跳ねさせて、実和はオルガスムスの彼方にゆき果てていった。見事なイキッぷりだった。五体の肉を躍動させ、豊満な尻や太腿を、ぶるぶるっ、ぶるぶるっ、と波打たせて、淫らな歓喜に打ち震えている。

「こ、こっちもだ……」

幸四郎は上ずった声をあげた。アクメに達した瞬間、蜜壺の食い締めはピークに達し、耐え難い勢いで射精の衝動がこみあげてきた。

「出すぞっ……こっちも出すぞっ……おおおおううぅーっ！」

雄叫びをあげて、ずんっ、と突きあげると、それが最後の一打となった。煮えたぎる男の精が、ダムが決壊したような勢いで放出された。ドクンッ、ドクンッ、と射精の発作に男根が暴れ、それが実和をさらなる桃源郷へといざなっていく。

「あああっ、いいいっ……すごいいいいいいっ……」

「おおおっ……おおおおっ……」

喜悦に歪んだ声をからめあわせ、身をよじりあった。会心の射精だった。幸四郎は首に何本も筋を浮かべ、天を仰いで眼をつぶった。ドクンッ、ドクンッ、と白濁のエキスを吐きだすたびに、体の芯に痺れるような快美感が走り抜けていき、眼尻に歓喜の熱い涙が滲んだ。あまりの気持ちよさに、いつまでもしつこく腰を振りたてるのを、やめることができなかった。

4

午前六時、けたたましい音をたてて目覚ましが鳴った。

幸四郎はいつものようにベッドから起きだしたが、ジョギングウエアには着替えず、パジャマのままベランダに出た。

朝靄に煙るガンダーラ公園では、同好の士が朝の日課に励んでいた。俺も走りたい、と思いつつ、今日もサボってしまうことになりそうだった。せっかく軌道に乗りかけてきた健康への糧（かて）に背を向けている罪悪感で、少しばかり胸が痛んだ。

それにしても、今日の目覚めの気分はひどく悪い。

先ほどまで見ていた夢のせいだ。

登場人物は自分と妻で、北関東の家で暮らしていたころの再現だった。夢の詳細は忘れてしまったが、夫婦の間にすきま風が吹いていたころの、なんとも居心地が悪い気分だけは生々しく残っている。

そんな夢を見てしまったのはきっと、昨日の夜、寝る前に妻から電話がかかってきたせいに違いない。

「ねえ、わたし働こうと思うんだけど」

電話の向こうで、妻の声ははずんでいた。

「パートじゃなくて本格的に」

「本格的って……そんな田舎じゃ働き口なんかないだろう」

幸四郎は苦く笑った。

「それがね、中学の同級生が、こっちで会社を興すっていうのよ。有機農法のハーブを扱う会社。その事務のスタッフに誘われたってわけ」

「有機農法ねえ……」

深い溜息がもれた。

結婚してから、妻は小遣い稼ぎのパート以外で働いたことがない。本格的に仕事を始めるということは、絶対に東京には来ないと宣言しているのと一緒だった。

いや、それどころか、同居を求める夫に単身赴任を押しつけ、自分は経済的自立を目指すとなれば、これはもう、離婚の準備に入ったと考えて間違いなさそうである。

それこそ本格的に……。

(離婚か……)

朝靄に煙るガンダーラ公園を眺めながら、幸四郎は自分の人生の転機についてしみじみと考えを巡らせた。

ひと月前までなら、離婚など絶対に承諾できなかった。女房に三行半を突きつけられて、四十路を過ぎて独り身に戻ることに耐えられるわけがない――いささか感情的に、そう思っていた。

しかし、いまはもう少し冷静に考えることができる。

妻がそれほど自分と別れたいなら、離婚も悪くないかもしれないと思ってしまう。

人間なんて現金なものだ。

代わりの女が見つかったら、君子豹変してしまった。

（おっ……）

朝靄の中から、実和が走ってくる。幸四郎に気づき、破顔して手を振った。幸四郎も手を振り返す。笑顔も返そうとしたが、照れくささに頰がこわばってしまう。

彼女と知りあって以来、朝の日課がジョギングから情事へと変わった。

初めて体を重ねたとき、幸四郎は会社を休むつもりで実和を家に誘ったのだが、恍惚を分かちあい、まどろみの中でたっぷり余韻を味わったあと時計を見ると、まだ充分出社に間に合う時間だった。

「会社、行ったほうがいいんじゃないかしら」

実和がそう言ってくれ、

「そうだな。じゃあ、シャワーを浴びてコーヒーでも飲もう」

幸四郎はお言葉に甘えさせてもらうことにした。もちろん、出社できればそれに越したことはないし、自分とセックスするために相手が会社をズル休みしたとあっては、実和の心理的負担も大きいかもしれないと思ったからである。

しかし、そうなってしまうと今度は、毎朝情事に誘わずにはいられなくなった。欠勤したり遅刻したりせず、思う存分肉欲に溺れられるのだから、誘うなというほうが無理な相談だった。

実和も誘いに乗ってきた。彼女の欲求不満は偽物ではなく、幸四郎以上に性に渇いていたところがあったから、誘われて心の底から嬉しそうだった。

そんな生活をするようになって、今日でちょうど一週間が経つ。ジョギングに使っていた時間をセックスに使って、朝から淫らな汗をかいているわけである。

「降ってきました……」

実和が寝室に入ってきた。鍵の隠し場所は教えてあるので、いつもひとりで玄関を開けて二階まであがってくる。

「雨か？」

幸四郎は屋根の外に手を出してみた。たしかにポツポツと雨粒が落ちている。

「最近、湿りがちだな」

つぶやきつつ、ベランダから部屋に戻った。降ってきたといっても、実和の髪もウエアも、まだ汗以外のものでは濡れていなかった。

「そろそろ梅雨入りしてもおかしくないですからね」

実和が言い、

「雨が本降りの日は、会えなくなるのかな？」

幸四郎は不安げに訊ねた。実和は自宅からこの家まで、二十分かけてジョギングしてきている。

「カッパ着て来ちゃうかも」

実和は甘い笑みを浮かべ、幸四郎の胸にしなだれかかってきた。寝起きの幸四郎と違い、走ってきた彼女の体は熱く火照っていた。

ベッドに押し倒した。

寝起きにもかかわらず、欲望がむくむくと頭をもたげてくる。Tシャツとショートスパッツに包まれたトランジスタグラマーなボディが気怠(けだる)い気分でいることを許してくれず、すかさず乳房をやわやわと揉みしだいてしまう。

「あんっ……」

実和は眼の下をピンク色に染めた。

「なんか変な感じ……」

「なにがだい？」

幸四郎は乳房を揉みしだきながら、まぶしげに眼を細めて実和を見つめた。

「だって……」

実和は乳房の刺激に体を揺すった。

「わたし、ベッドからベッドにジョギングしてるみたいなものじゃないですか。夫と一緒に寝てるベッドから、このベッドに……」

「んっ？　ご主人とは一緒に寝てるんだっけ？」

幸四郎が咎めるように言うと、

「そ、それは……」

実和は気まずげに眼を泳がせた。

「いちおうダブルベッドなんで、隣同士で……でも、セックスはしてないですよ。もう一年以上も……」

「ふうん、そうかあ、ダブルベッドなのかあ……」

幸四郎が意地の悪い眼つきで見つめると、実和はますます眼を泳がせた。セックスレスだという話は聞いていたが、ダブルベッドで寝ているというのは初耳だった。まだ結婚して三年なら、それもしかたがないかもしれない。なのに、激しい嫉妬が胸を掻き毟った。自分でも驚いてしまうくらいだった。

「でも、すぐ隣にこんなにいい女が寝てたら、ご主人だって欲情しちゃうこともあるんじゃないの？」

乳房を揉みしだいていた手を、下半身へと伸ばしていく。ショートスパッツに包まれた豊満なヒップを撫でまわし、むっちりした逞しい太腿を揉みしだく。

「そんなことありません」

実和は怒ったように頬をふくらませたが、欲情に眉根が寄っていた。そそる表情だ。

「本当かな？」

「本当です」

「実は、家でもばっちり愉しんでるんじゃないの？」

幸四郎は手指を股間にすべりこませた。スパッツ越しにも、奥から淫らな熱気が放たれていることが、はっきりと伝わってきた。ジョギングしているときから、抱かれることばかり考えていたのだろうか。

「ああんっ、いやんっ……」

ねちっこく股間を撫でまわしてやると、実和はいやいやと首を振った。しかし、両脚を開いていく。みずから大胆なM字開脚を披露して、腰まで揺らぎはじめる。

「最近、なんだか色っぽくなってきたものな」

幸四郎がニヤニヤしながら顔をのぞきこむと、

「それは幸四郎さんのせいです！」

実和は唇を尖らせた。

「こんなふうに毎朝愉しんでたら、女性ホルモンの分泌だって活発になっちゃいますよ」

「そういうものか？」

「そうですよ。幸四郎さんだって、男らしくなってきましたから」

「そうかい？」

幸四郎はとぼけた顔で首を傾げたが、自分でも実感があった。ジョギングに精を出しているときより、なんだか体が引き締まってきた。セックスによって、根源的な生命力が活性化しているような気がした。

「ほら、とっても男らしい……」

実和がねっとりした眼つきで、股間をまさぐってきた。パジャマの下で勃起しきった男根を、さも愛おしげに撫でまわしてきた。

「ああんっ、素敵……早く舐めたい……」

「いやらしいな」

咎めるように言いつつも、幸四郎の呼吸は高ぶった。興奮で全身が熱くなり、額にじっとりと汗が浮かんできた。

5

実和のフェラチオは危険だった。

危険なほど気持ちがいいという意味だ。

ファーストコンタクトで年甲斐もなく暴発してしまったトラウマもあり、幸四郎は一方的にしゃぶられることを控えていた。続けて何度も挑みかかれる若者ならともかく、一発入魂の中高年セックスならば、暴発だけは慎重に回避しなければならない。

けれども実和の口腔奉仕に、超絶的な快感がひそんでいるのもまた事実で、ただ避けて通ることもできず、選んだ方法がシックスナインだった。舐めて舐められる双方向愛撫なら、一方的に射精に導かれるリスクをかなり軽減できるからだ。

「ほら、上に乗って」

今日は女性上位のシックスナインにうながした。

「あああっ……」

実和が羞じらいながら、尻を幸四郎に向けてまたがってくる。巨尻が視界を埋め尽くす迫力に、幸四郎は唸った。何度見ても、唸らずにいられなかった。丸みも張りも量感も、白磁のように輝く素肌の色艶まで、男を奮い立たせるすべてを備えている。

（まったく、たまらん尻だ……）

左右の双丘に両手をあてがい、丸みを味わうように撫でまわした。

桃割れからのぞいたアーモンドピンクの花びらは早くも濡れて、女の匂いをむんむんと振りまいていた。

左右の双丘を、ぐいっと割りひろげれば、チョロチョロと生えた繊毛もいやらしく、その全貌を露わにする。むんむんと漂ってくる匂いに吸い寄せられるようにして、桃割れに鼻面を押しこんでいく。

「あぁんっ！」

実和がビクンッと腰を跳ねさせた。相変わらず敏感な反応だった。幸四郎は舌を伸ばし、下から上に舐めあげた。まだ慎ましげに身を寄せあっている花びらを左右にくつろげ、つやつやと濡れ光る薄桃色の粘膜を剝きだしにする。

途端に女の匂いが濃密になって、薄桃色の粘膜からは嬉し涙があふれた。薔薇の蕾のように幾重にも折り重なった薄桃色の肉ひだの間から、淫らな粘液がこぼれだす。

「むううっ……むううっ……」

幸四郎が鼻息を荒げて舐めまわすと、

「あぁっ……はぁあああっ……」

実和が身をよじってあえいだ。お返しとばかりに男根をつかみ、すりすりとこすりたててきた。舌使いも唇での吸引もいやらしすぎる彼女だったが、手つきもまたそうだった。決して強く握りしめることなく、軽く丸めた手筒でしごき、撫でまわしてくる。くなくなと舌を躍らせ、唾液がねっとりとなすりつけられる。男根が唾液で濡れまみれていくほどに、しごかれ心地もいちだんと卑猥さを増していく。

「むむっ……むむむっ……」

幸四郎は自分の顔が真っ赤になっていくのを感じた。しかし、受け身にまわって彼女の愛撫に淫していくのは御法度だった。それではシックスナインの体勢になった意味がない。負けじと責めるしか、暴発を未然に防ぐ方法はない。

限界まで舌を伸ばし、穴の浅瀬をヌプヌプと穿った。奥まで熱くなっていた。右手の中指を口に含み、唾液をたっぷりとつけた。その指で女の割れ目をいじりたて、ずぶずぶと侵入していく。

「うんぐうううーっ！」

実和が男根を咥えながら、鼻奥で悶える。だが、まだ序の口だった。幸四郎は濡れた肉ひだを掻き分けながら奥へ奥へと侵入し、蜜壺の上壁にあるざらついた部分を探りあてた。いわゆるGスポットである。

「うんああっ……いっ、いやっ……」

実和がたまらず男根を吐きだし、身構える。幸四郎は蜜壺の中で指を鉤状に折り曲げ、ざらついた上壁をしたたかにこすりあげた。

「はっ、はぁおおおおおおーっ!」

巨尻が震え、腰が跳ねあがった。実和は一瞬、反射的に尻を引っこめようとしたが、鉤状に折り曲げた指が蜜壺にフックしているのでそれはかなわない。Gスポットをぐりぐりとえぐりたて、ひくひくと収縮しはじめた肉ひだを掻き混ぜてやると、

「はぁおおおおーっ! はぁおおおおおーっ!」

実和はしたたかに身をよじりながら、尻をさらに突きだした。腰を鋭角に反らせて、股間を出張らせてきた。幸四郎はほくそ笑んだ。これで、もうひとつの女の急所も、射程距離に入った。

「むううっ!」

ぐちゅぐちゅと蜜壺を掻き混ぜながら、獰猛に尖らせた唇でクリトリスを吸った。これで、ヴィーナスの丘を挟んで裏と表から、女の急所を刺激していることになる。クリトリスをチューッと吸っては、Gスポットをぐりぐりと押しあげてやる。

「ああっ、いやああっ……いやあああーっ!」

実和は髪を振り乱して悶絶した。もはや、男根を愛撫することもままならず、命綱のようにつかんでいることしかできない。

（どうだ！　どうだ！）

幸四郎は鉤状に折り曲げた指でピストン運動を開始した。濡れた蜜壺をじゅぽじゅぽと鳴らしながら、Ｇスポットを掻き毟り、そうしつつクリトリスを吸いたてる。口に含んでねちねち舐め転がす。蜜壺から鳴り響く音がにわかに汁気を増し、あふれた発情のエキスが幸四郎の喉元に垂れてきた。

「ああっ、ダメッ……許してっ……吹いちゃうっ……そんなにしたら潮を吹いちゃいますうううーっ！」

実和は切羽つまった声をあげると、激しく尻を振りたてた。強引に体を前にずらして急所二点責めから逃れ、くるりと体を反転させた。ハアハアと息をはずませながら怒ったように頬をふくらませて、恨みがましい眼を向けてくる。

「ずるいです……いきなり潮なんか吹かそうとして……」

「べつにわざとじゃないさ」

幸四郎は苦笑した。

「でも、こっちも頑張らないと、キミのフェラチオは強力だからな。うっかりしてると、暴発させられちまう」

「じゃあ、今度はわたしが頑張る番……」

両膝を立て、勃起しきった男根を、女の割れ目にあてがった。

「このまま入れてもいいでしょう？　たまにはバックじゃなくて……」

「ああ……」

幸四郎は息を呑んでうなずいた。いままで実和を抱いた回数は七回だった。そのうち、六回はバックオンリーで、一回だけ正常位を試してみた。その一回にしても、やはりバックへの未練が断ちきれず、フィニッシュのときに結合し直した。

しかし、和式トイレにしゃがみこむような格好になった実和の姿がいやらしすぎて、うなずかざるを得なかった。割れ目と亀頭が密着している様子が、丸見えだった。男根が咥えこまれていく結合の過程を、つぶさに拝めることは間違いなかった。

（まあ、いいか。あとでバックで繋がり直せば……）

固唾を呑んで実和の動きに注目していると、

「んんっ……」

眉根を寄せたいやらしい顔つきで、じりっと腰を落としてきた。アーモンドピンクの花びらを巻きこみ、亀頭が割れ目に沈みこんでいく様子がうかがえる。あふれた発情のエキスがタラタラと肉竿に垂れていき、それを潤滑油にしてずぶずぶと呑みこんでいく。

「んあああああーっ！」

最後まで腰を落としきると、白い喉を突きだして豊満な双乳をタプタプと揺すった。それでも脚はまだ閉じない。逞しい太腿を小刻みに震わせつつも、もう一度腰をあげ、蜜にねっとりとコーティングされた肉竿を見せつけてくる。

「ああっ……はぁあああっ……」

とあえぎながら、男根を抜いては咥えこむ。肉づきのいい尻を、一往復ごとにパチーン、パチーンと打ち鳴らして、女の割れ目でしゃぶりあげてくる。

「な、なんていやらしいことをしてくれるんだ……」

幸四郎は興奮に声を上ずらせ、実和の左右の太腿を両手でつかんだ。脚を閉じることも前に倒すこともできないようにして、結合部をまじまじとむさぼり眺めた。

「ご主人に教わったやり方なのか？　こうやれば興奮するってやらされたのか？」

「ああっ、いやあっ……」

実和が泣きそうな顔で髪を振り乱す。

「夫のことは言わないでっ……言わないでくださいっ……」

「言わずにはいられないよ」

幸四郎は下から腰を使った。実和の太腿をしっかりと押さえた状態で、男根を引き抜いては、ずぶずぶと入り直していく。

「あああっ……はぁあああっ……」

「ご主人に教わったんじゃなけりゃあ、生まれながらのドスケベなのか？　フェラといい、この繋がり方といい、まったくキミって女は……」

なにも実和の夫に対するジェラシーだけが、そんな言葉を吐かせたわけではなかった。彼女の淫蕩さに、心の底から感嘆していた。心酔していたと言ってもいい。夫に教わったやり方であろうがなかろうが、どこまでも男を欲情させる、たまらなくいい女だ。

「どうだ？　どうなんだ？」

ずぶりっ、ずぶりっ、と下から穿ち、次第に抜き差しのピッチをあげていく。みるみるうちに、ずんずんと突きあげるようになっていく。

「ああぁっ、いやあああっ……」

実和の顔がくしゃくしゃに歪みきった。

「きてるっ……奥まできてるっ……いちばん奥まで、届いてるううううーっ！」

髪を振り乱して絶叫すると、なにかを吹っ切ったように乱れはじめた。みずからも腰を上下させ、豊満な尻を振りたてる。幸四郎も下から突きあげているから、尻と腰がぶつかるたびに、パチーンッ、パチーンッ、という音が高らかに響く。貫いているというたしかな実感が、一打ごとに訪れる。

「ああああっ……」

実和は両脚をM字に開いたまま、上体だけを前に倒し、幸四郎に覆い被さってきた。

「そうよ、これは夫に教わったやり方よ……」

瞳を潤ませ、声を震わせた。

「でもいまはっ……いまは幸四郎さんだけなのっ……こんなことする相手は、幸四郎さんだけなのよおおおっ……いいいいっ！」

感極まった声で言い、あえぎにあえぐ。パチーンッ、パチーンッ、と尻と腰がぶつかるたびに、大量の蜜が跳ね、お互いの陰毛がびっしょり濡れていく。すさまじく濡れているのに、蜜壺の食い締めは強まるばかりで、幸四郎はいても立ってもいられなくなってきた。

「ねえ、いい？　わたしのオマ×コ、気持ちいい？」

「き、気持ちいいよ……」

首に何本も筋を浮かべながらうなずくと、

「嬉しい……」

実和は嚙みしめるように言い、尻を振りたてながら、乳首を吸ってきた。米粒ほどの男の乳首を、吸って舐めて、時に甘嚙みまでして刺激してくる。

「むううっ……むむむっ……」

幸四郎は真っ赤になって悶絶した。騎乗位で射精に至ったことなどいままでないので、いささか甘く見ていたらしい。あとでバックに体位を変えてフィニッシュに至ろうなどというのは、とんでもない話だった。

「ねえ、硬くなってきたっ……オチ×チン硬くなってきたっ……」

実和が尻振りを中断し、腰をグラインドさせる。お互いの陰毛がからみあうようなねちっこさで、ぐりんっ、ぐりんっ、とまわしてくる。その刺激自体もたまらなかったけれど、再び尻を振りたてられ、女の割れ目で男根をしゃぶりあげられるともうダメだった。耐え難いほどの射精欲がこみあげてきて、放出に向かって下からぐいぐいと突きあげた。

「ねえ、出してっ……このまっ……このまま出してちょうだいっ！」

実和が叫ぶ。言われなくとも、そうするしかなかった。勃起の芯が疼きに疼き、我慢の限界はとっくに超えていた。

「おおおおっ……で、出るっ……」

唸るように言い、連打を放った。むちむちに張りつめた巨尻を、下からパンパンッ、パンパンッと打ち鳴らす。

「わたしもっ……わたしもイキそうっ……」

上ずった実和の声と、

「もう出るっ……出るっ……おおおおううううーっ！」

幸四郎の野太い声が重なった。

「はぁあああああーっ！」

幸四郎が最後の一打を打ちこむと同時に、実和も恍惚に達したらしい。ビクンッ、ビクンッ、と腰を跳ねあげ、その勢いが激しすぎて、男根が抜けた。幸四郎は一瞬やるせなさに泣きそうな顔になったが、次の瞬間、眼を見張った。

「ああっ、いやあああぁーっ！」

実和が潮を吹きはじめたからだった。いや違う。一本の放物線を描いて幸四郎の腹に落ちてきたそれは、潮ではなくゆばりだった。実和は快感のあまり、失禁してしまったのである。

「ああっ、いやああっ……いやあああっ……」

ちぎれんばかりに首を振っても、尿道の短い女の放尿は途中ではとまらない。けれども実和は、どこまでもいい女だった。失禁するほどのオルガスムスに達しているのに、蜜壺から抜けた男根を握りしめた。抜けたかわりにしごきたて、射精をうながしてくれた。

「おおおおっ……おおおおっ……」

「いやああっ……いやああっ……」

お互いに顔を真っ赤にし、悶絶しながら、ゆばりと白濁液を吐きだした。お互いの体もベッドも、びしょ濡れになった。そんなことなどまるで気にならないほどの快感に、ふたりで翻弄されつづけた。

6

その日から、幸四郎は実和との結婚について、真剣に考えるようになった。

（再婚、か……）

彼女の抱き心地はとびきりだった。

いや、単純に抱き心地がいいというより、床上手であり、好き者だった。彼女とするセックスの快感は衝撃的で、すべてのストレスを吹き飛ばしてくれる輝きがあった。体を重ねるたびに、若返っていくような気がした。

ジョギング以外にさして趣味もない幸四郎である。

四十一歳の厄年で人生にひとつの区切りをつけ、残りの人生に新しい伴侶を迎えるのなら、実和のような女がよかった。彼女が普段、どんな生活をしているのか見当もつかないが、体の相性がいいことだけは間違いない。

結婚し、ひとつ屋根の下で暮らしていれば、ささいな喧嘩は日常的に起こるだろう。だが、セックスの相性があれほど抜群なら、仲直りだって容易に決まっている。生涯の伴侶として、これほどの適性は他にない。

これが単なる浮気なら、なにもそこまで考えなかっただろう。

しかし、幸四郎と実和は、置かれた状況が酷似しているのである。お互いに子供はいないし、パートナーから別れを切りだされている。現在の夫婦関係を再構築していくことに希望は見いだせないが、離婚してひとりになることはもっと不安なのだ。

ならば再婚で問題はすっかり解決するはずだった。

もちろん、離婚するとなれば、さまざまな面倒もあるに違いない。しかし、新しい生活が見えているのなら、面倒を乗り越えるエネルギーになる。ここは人生の転機と腹を括り、思いきって決断すべきときなのかもしれない。

ところが……。

幸四郎の気持ちの高まりに水を差すように、実和が家にやってこなくなった。風邪をひいてしまったらしい。短いメールが来ただけなので詳細はわからなかったが、一週間以上も連絡が途絶えた。

ちょうど関東が梅雨入りした。

幸四郎は降りつづける雨とじめじめした湿気にうんざりし、ジョギングもセックスもおあずけを食らったような状態に鬱憤（うっぷん）を募らせながら、実和と会えない時間を過ごさなければならなかった。

雨があがったある日のこと、ようやく実和は家にやってきた。

前日の天気予報で雨があがることを知っていた幸四郎は、いつもどおりに午前六時に目覚ましをかけ、パジャマ姿でベランダに立っていた。

雨があがったとはいえ梅雨のことなのですっきりと晴れてはくれず、空はどんよりした雲で覆われ、いまにもひと雨きそうだった。

そんな中、実和は走ってきた。

なんだか様子がおかしかった。幸四郎に気づいてもいつものように笑顔を浮かべてくれず、手も振ってくれない。気まずげに眼を伏せて、ひどくしんどそうによたよたと玄関まで辿りついた。

病みあがりなので体が重いのだろうか。

幸四郎は実和の姿を遠目から見ただけで勃起しそうになったが、体調が戻っていないのなら、無理にセックスを求めるのはマナー違反だと自分に言い聞かせた。

今日はベッドインにこだわらず、話をしたほうがいいかもしれない。現在の夫と別れて自分と一緒になってくれる気があるのかどうか、遠まわしに探りを入れておくのも、今後のためには必要だった。

しかし、彼女の様子がおかしかったのは、病みあがりのせいではなかった。

「ごめんなさい」

いつもどおりに自分で玄関の鍵を開け、二階の寝室までやってきた実和は、開口一番、そう言った。

「わたしもう、この家に来られなくなりました」

「おいおい、いったいどうしたんだよ……」

幸四郎は仰天し、反射的に苦笑した。だが、頬がひきつってうまく笑えなかった。

「実は……」

実和は気まずげに眼を伏せて言葉を継いだ。

「一週間前、この家から帰るとき……わたしは夫と別れる決意をしてました。幸四郎さんの気持ちはわからないけど、夫と別れて幸四郎さんと付き合っていければいいなって、そう思いながら家まで走って帰ったんです……」

　幸四郎は胸が熱くなった。彼女も自分と同じタイミングで、同じようなことを考えてくれていたわけである。

「それでその夜、夫ときちんと話をしようとしたんです。でも……でも、こっちが話を切りだす前に、『おまえ、最近色っぽくなったな』とかって夫に言われて……無理やり押し倒されちゃって……」

　なんだと！　と幸四郎はもう少しで叫んでしまうところだった。嫉妬の炎が全身を熱く焦がした。

「一年ぶりに抱かれちゃったんです……最初はわたし、お別れに一度抱かれておくのも悪くないかな、って思ってたんです。曲がりなりにも夫婦として、三年間一緒に暮らしてきた人だし……でも、夫も一年ぶりだから、相当溜まってたんでしょうね。ものすごく激しくされて、わたし……何度も何度もイッてしまって……」

　実和が口ごもり、

「つまり……」

　幸四郎は声の震えを必死に抑えて言った。

「焼けぼっくいに火がついちまったと、そういうわけかい？」

実和がうなずく。

申し訳なさげな上目遣いを向けられ、幸四郎は深い溜息をついた。

（なんなんだ……なんなんだよ、いったい……）

実和は実際、色っぽくなっていた。顔の造形やスタイルが変わったわけではない。早朝ジョギングならぬ早朝セックスに精を出すことで、欲求不満を解消し、女性ホルモンを分泌したことで、得も言われぬ女らしいムードを纏うようになっていた。

だから、彼女の夫が欲情してしまった気持ちはよくわかる。よくわかるが、せっかく実和が自分との再婚まで考えてくれたタイミングで、押し倒されてしまうとは……。

「そういうわけなので、わたし、もうここには来られません」

実和は切々と言葉を継いだ。

「夫とセックスレスだったから、幸四郎さんに抱かれても罪悪感はなかったんですけど、夫ともして、幸四郎さんともしてっていうのは……わたし、そこまでふしだらな女じゃないですから。ごめんなさい！」

ペコリと頭をさげて出ていく実和を、幸四郎は呆然と見送るしかなかった。

第三章　見られていじって

1

梅雨は続いていた。

ジョギングを再開しようとすると雨が降り、どうせ明日は雨だろうとヤケ酒を浴びて寝ると梅雨の谷間の晴天がやってくるという、天気にまで意地悪をされているようなことが続き、幸四郎は鬱々とした気分で日々をやり過ごさなければならなかった。

「ねえ、あなた。こないだの話、考えてくれた？」

妻の雅美から電話が入った。声が苛立っているのは、何度か着信が入っていたのに、電話を返さなかったせいだろう。

「こないだの話？」

幸四郎はとぼけた声で答えた。

「仕事よ仕事。中学の同級生が、有機ハーブを扱う会社を興すって言ったじゃない？」

「ああ……」

もちろん、妻の言わんとすることはわかっていた。

「正社員になってもいいでしょ？　向こうも腰を据えて仕事してほしいって言ってくれてるし、頑張ってみようと思うの」

「いや、その……」

声音をあらため、うかがうように言った。

「どうしても働きたいなら、東京で働けばいいじゃないか」

「えっ？　なにを言ってるの？」

「一緒に暮らしてほしいんだよ。夫婦でいる意味がわからないじゃないか、こんな別居生活」

幸四郎はこめかみを揉みながら言った。

実和に未練がないわけではなかった。むしろたっぷり残っていたが、彼女に去られてしまったことで、男としての自信をすっかり喪失してしまった。実和が去り、雅美にまで去られてしまえば、二度と結婚などできないのではないかという恐怖に苛まれた。

「どうしたのよ、急に……」

電話の向こうで、雅美が苦笑する。

「急にじゃないだろ。こっちは最初から別居なんて反対だったんだ」

「ははーん、さては家事に困ってるな」

「ああ、そうだよ」

実はそれほど困っていなかったが、幸四郎は言った。

「キミがいないと困るから、なんとか考えをあらためて東京に出てきてくれよ」

「それは嫌」

「嫌でもなんでも、一緒に住んでくれよ、夫婦なんだから」

幸四郎の声は焦りに上ずっていたが、雅美は平然としたものだった。

「議論は平行線ね。わかったわ。とりあえず、正社員にはならずにバイト扱いにしてもらうから、それでいいでしょ？」

「いいって……なにがいいんだよ？」

「だから、お互いに妥協するしかないじゃないの。わたしは正社員を諦める、あなたは東京での同居を諦める、そこが落としどころね。それじゃあ、そういうことで」

「おい、待てよ……切るなよ……」

電話は一方的に切られ、幸四郎は天を仰いだ。

久しぶりに朝から晴れ間が見えた。

目覚まし時計はかけていなかったが、蒸し暑さのせいで寝苦しく、ベッドの中でまんじりともせずにいたので、窓の外が明るくなってくると、思いきってジョギングに出ることにした。

シューズの紐を締めると、気持ちが引き締まった。久しぶりにジョギングで汗を流せば、ムシャクシャした気分も晴れてくれそうな気がした。

扉を開けて玄関を出た。

ガンダーラ公園はいつものように、カラフルなジョギングウエアに身を包んだ同好の土が息をはずませて走っていた。

「おはようございます」

顔見知りのジョガーに声をかけつつ、幸四郎は地面を踏みしめるように走りだした。

やっぱりいいな、と思った。

陽射しが強く、湿度が高かったので、すぐに全身から大量の汗が噴きだしてきたが、早朝から走るのは、やはり気分が洗われる。一歩ごとに健康になり、体中の細胞が活気を取り戻していく実感がある。

とはいえ、調子がよかったのも最初の半周ほどで、

(吸って、吸って、吐いて、吐いて……く、苦しい……)

すぐに息が切れてしまった。

考えてみれば、実和との早朝セックスにうつつを抜かしたり、雨やヤケ酒のせいで走れなかったりで、かなり久しぶりのジョギングだった。息が切れ、脚がついてこなくてもしかたがない。

たったの一周で、ジョギングがウォーキングになってしまった。それでも、深呼吸をしながら二周、三周と歩きつづけた。走っている人の邪魔にならないようにコース

の外側を歩きながら、軽快に走るジョガーに羨望のまなざしを向けた。走り慣れている人はフォームも美しいもので、自分も早くそうなりたいと思った。

ウォーキングに飽きても、どうにも公園から去りがたく、自動販売機でミネラルウォーターを買い、ベンチで休憩した。

正直に言えば、実和が走ってくるかもしれないという淡い期待があった。もちろん、顔を合わせでも気まずいだけなので、わざわざやってくるはずがないとわかっていたが、それでも心の隅で期待が疼く。

「夫とは別れられないけど、あなたとのセックスも忘れられないから、たまには会いましょう」

そんな台詞をささやいてはくれないだろうかと、やくたいもない妄想に駆られる。

（……んっ？）

そのとき、ひとりのジョガーが眼にとまった。歳は二十代後半か。すらりとした体型の女で、遠目にも脚の長さが際立った。女は肉だ、ふくよかさだ、が持論の幸四郎なので、スケベ心で視線を向けたわけではない。

なんだか様子がおかしかった。

走りながら、泣いていた。それも盛大に嗚咽をもらし、少女のように泣きじゃくって、頬を濡らす涙を指で拭っている。

足取りはそれなりにしっかりしているから、ケガではなさそうだった。

社会人の運動部かなにかで、選手からはずされた悔しさで泣いているのだろうか？

しかしそんな想念は、彼女が近づいてくると一瞬にして吹き飛んだ。

知っている女だったからだ。

可愛いピンクのTシャツと短パンを着け、長い黒髪をポニーテールに纏めていたから気がつかなかったが、棚田沙雪だった。

社内の天敵、副支店長の才媛である。

（おいおい……）

幸四郎は条件反射で体ごと顔をそむけた。

見てはいけないものを見てしまった、という直感が走った。

と同時に、どうして彼女がこんなところにいるのだろう、という疑問が脳裏をよぎっていく。沙雪が住んでいるのは、たしかここから電車で一時間もかかる郊外だったはずである。引っ越したという話も聞いていないし、意味がわからない。とにかく、こちらに気づかずに走り去ってくれ、と心の中で祈るしかなかった。

しかし、チラリと様子をうかがったのがいけなかった。

眼が合った。

沙雪は驚いて立ちどまり、涙に濡れた眼を見開いた。

「や、やあ……」

幸四郎はしかたなく手をあげて挨拶したが、沙雪は般若（はんにゃ）のような形相で唇を震わせると、一目散にその場から逃げていった。

2

会社で顔を合わせた沙雪は、どことなく顔色が青ざめていたが、いつもと変わりがない様子だった。

この支店に赴任してきた直後は、沙雪のツンケンした態度に幸四郎がカチンときて、会議室で口論したこともあったが、最近ではどこか休戦ムードだった。険悪な雰囲気までが改善されたわけではないけれど、衝突することもなくなっていた。

ここしばらく、幸四郎は実和との早朝セックスに夢中だったし、フラれてからは食事が喉を通らないくらい落ちこんでいたので、社内の天敵にかまっている暇などなかったからだった。また、どういう理由かはわからないが、沙雪は沙雪で元気がなかったから、自然と衝突が避けられたのである。

（しかし、なんだって彼女がガンダーラ公園なんかにいたんだろう……）

出社してすぐに社員名簿を確認すると、彼女の住所はやはり郊外だったので、謎は深まるばかりだった。

ジョギングをするにしても、走ってこられる距離ではない。走れば片道だけで半日はかかるだろう。引っ越したなら引っ越したで、まずは会社に報告しなければ経理上のトラブルになることがあるから、報告しないわけがなかった。

（まさか別人ってことはないよな。姿形がそっくりな……）

可能性がゼロとは言えないが、まったくの別人なら泣き顔を見られて焦ることもないだろうし、あわてて逃げる必要もないはずである。

疑問はややあって氷解した。

「すいません」

沙雪のほうから幸四郎のデスクに近づいてきた。

「少しお話があるんですが、会議室に来ていただけませんか？」

「ああ、かまわないが……」

まだ窓口に客もいなかったので、幸四郎はうなずいて会議室に向かった。

ドアを閉めると、

「今朝のことですが……」

沙雪は背中を向けたまま言った。ノーブルな濃紺のスーツに包まれた背中から、ただならぬ緊張感が漂ってくる。

「忘れていただけると助かります……」

「ああ……」

幸四郎は曖昧な声を返した。

「それは、その……べつにかまわないが、引っ越したのならきちんと報告しないと……」

「引っ越したんじゃありません。実家があの公園の近くなんです」

「ああ、なるほど……」

幸四郎はようやく合点がいった。

「そういう事情だったわけか。びっくりしたよ。まさかキミが近所に住んでるとは思ってなかったからねえ」

「諸事情があって少し帰ってるだけですので、報告する必要もないと思ってました。明日からはジョギングも控えますから、支店長とばったり会うこともないと思います。だから、今朝のことは忘れてください……」

沙雪の声はか細く震え、タイトスーツに包まれた肩まで震えだした。

幸四郎は上司としていささか心配になり、

「なんかあったのかい？」

やさしく声をかけてみたが、

「支店長には関係ありません」

沙雪はキッと眼を吊りあげて幸四郎を睨みつけてから、会議室を出ていった。

数日が過ぎた。

注意して様子をうかがっていると、沙雪は日に日に元気がなくなっていくようだった。

（実家に帰ったってことは……）

まず思いあたる原因は、夫との不仲だった。

新婚一年未満という話だったが、なにしろあのキツい性格である。家に帰ればいきなりニコニコした良妻になるわけもなく、夫に対してもツンケンあたっていることは想像に難くない。

どんな男と結婚したのかは知らないが、彼女のようなタイプとひとつ屋根の下に暮らすというのは、生半可なことではないだろう。美人で頭がいいから、よけいに始末が悪い。

沙雪の夫がどんなふうに彼女を扱っているのか、妄想をふくらませてみる。

とりあえず、尻に敷かれて無抵抗主義に徹するのが夫婦円満の秘訣かもしれない。それにしてもあまり鬱憤を溜めこんでしまうと、いつか爆発するときがやってくる。どんなにやさしい男でも、男はプライドで生きているものだ。彼女がそれをないがしろにしたら、ジ・エンドである。もうキミとはやっていけないと三行半を突きつけられても文句は言えない。

（ふふんっ、いい気味だ。ああいうタイプは少し痛い目に遭ったほうが、今後の人生のためだよ……）

そんなことをぼんやり考えながら、帰路の満員電車に揺られていた。

電車を降りると、隣の車両から沙雪も降りてきた。

眼が合った。

眼も眩むほどバツが悪かった。

「いま帰りかい？」

無視するわけにもいかず声をかけると、

「ええ、支店長はとっくにお帰りになったものと」

沙雪もバツの悪そうな顔で返してきた。

「会社の近くで一杯やってたんだ」

独り身なので、夕食は晩酌を兼ねて居酒屋ですますことが多いのである。

それにしても、気まずかった。

近所に住んでいるのだからあり得ない偶然ではないとはいえ、こんなふうにばったり顔を合わせてしまうとは……。

あまつさえ、車内でよけいな妄想に駆られていたせいで、沙雪の顔色を読んでしまう。元気がないのは、一日の労働で疲れているからだけなのか。なんだかやつれて見えるのは、夫との関係が崩壊寸前まで達しているからではないのか。

「棚田くんもこっち？」

「ええ、支店長も？」

悪い偶然は重なるもので、駅を出てからの方角まで一緒だった。

沙雪は歩きながら、やたらと深い溜息をついた。最初は、幸四郎と帰路が一緒になったことに対する嫌味かと思ったが、どうやら自然とそうなってしまっているようだった。

（あんまり家に帰りたくないのかね……実家に……）

幸四郎は横眼で沙雪の顔色をうかがいながら、胸底でつぶやいた。

普通なら、一杯呑もうかと誘うところだ。曲がりなりにも彼女は部下であり、何事か悩みを抱えているようなのである。

男の部下なら迷わずそうしただろう。悩みを解決できなくても、酒をご馳走して励ますくらいのことはできるからだ。しかし、彼女は女で、天敵の関係だった。下手に誘って下心を勘ぐられるのも嫌だったし、酒を呑んで口論になるのもごめんである。

「あのう……」

沙雪が不意に立ちどまったので、幸四郎も立ちどまった。

「わたし、ちょっと寄るところを思いだしたので、ここで……」

「ヤケ酒か？」

幸四郎はつい言ってしまった。立ちどまったときの彼女の顔色が、あまりにも暗かったからだった。

「実家に帰りづらいから、そこらで一杯引っかけてから帰ろうっていうわけか？」

どうやら図星だったらしく、沙雪は気まずげに顔をそむけた。

「僕も酒好きじゃ人後に落ちないつもりだがね。年長者としてひと言だけアドバイスさせてもらえるなら、ヤケ酒はやめたほうがいい。落ちこんでるときに酒なんか呑んでも、ロクなことにはならない」

「……なにがおっしゃりたいんですか？」

沙雪が力なく溜息をついた。

「いや……だからその……なんていうか……」

幸四郎は自分でもなにが言いたいのかわからなかった。だから、次の瞬間、口をついて出た言葉に、自分でも驚いてしまった。

「一緒に走らないか」

「はあ？」

沙雪は眉をひそめて眼を見開いた。

「落ちこんでるときは、酒よりもジョギングだ。走って汗を流せば、たいていの悩みは吹っ飛んでしまうものさ。僕もこれから走るつもりだから、キミも来たまえ。いつものガンダーラ公園だ」

言い終えると、重苦しい沈黙が訪れた。お笑い芸人がギャグですべってまわりを凍りつかせたような空気が、ふたりの間に漂った。

幸四郎はそれに耐えられず、

「じゃあ、待ってるからな」

沙雪を残して立ち去った。天敵の才媛はほとんど啞然としており、幸四郎を見送る顔に「馬鹿じゃないの、この人」と書いてあった。

3

（なにをやってるんだろうな、俺は……）

ジョギングウエアに着替えた幸四郎は、ガンダーラ公園でストレッチをしていた。

時刻は午後十時。

屈伸をしたり、アキレス腱を伸ばしたり、いつもの準備運動をしても、体が重い。

酒を呑んで帰ってきたのだから当然だった。ビールにチューハイ二、三杯だったから泥酔するほどではなかったし、体力も少しは残っていたが、それも走りだせばすぐに底をついてしまいそうである。

だから、沙雪がやってこなければ、そのまま家に帰ってひとつ風呂浴び、早々に床に就いただろう。ついノリで誘ってしまったものの、そもそも夜にジョギングしたことだって一度もないのである。

しかし……。

（おいおい、ホントかよ……）

幸四郎はわが眼を疑った。

可愛いピンク色のウエアに身を包んだ沙雪が、こちらに向かって走ってきた。ポニーテールに纏めた髪型が、会社にいるときとは違う意味で凜々しかった。走るフォームも妙に決まっていて、やる気満々だ。

（まいったなあ……）

幸四郎は落胆に眩暈を覚えた。自分で誘っておきながら、本当に来るとは思っていなかったのだ。先ほどの沙雪は見るからに元気がなかったし、元より自分のことを蛇蝎のごとく嫌っているのである。

しかし、来てしまったのだから、しかたがない。

肩を並べて走りだした。

（んっ？　なにか変だな……）

公園の雰囲気がいつもと違った。同好の士がまったくいなかった。朝はあれほど多くのジョガーで賑わっている公園なのだから、夜に走っている人がいてもおかしくないのに、まるで見当たらない。いまにも雨が降りだしそうな空模様のせいだろうか。

「わたし、こう見えて中高生時代はバリバリの体育会系だったんです」

走りながら、沙雪が言った。

「へええ、なにをやってたんだい？」

幸四郎は気のない声で訊ねた。

「テニスです。昔は毎日、この公園を走ってました。だから、走るのにはちょっと自信があるんです」

「ほう……」

幸四郎の言葉は続かなかった。沙雪が走るスピードをあげたので、ついていくので精いっぱいになってしまったからだった。

（なるほど、そういうわけか……）

幸四郎はようやく腑に落ちた。彼女の目論見に合点がいった。体力に自信のある沙雪は、大嫌いな上司を走りでねじ伏せるために、この公園にやってきたのだ。

長いコンパスを利用したストライド走法で、いきなりスピードをあげてきたのがなによりの証拠だった。沙雪は二十九歳で、幸四郎は四十一歳だから、ひとまわりも歳が違う。憎たらしい中年オヤジをキリキリ舞いさせてやろうという底意地の悪い本音が、走り方からありありと伝わってくる。

(吸って、吸って、吐いて、吐いて……ダ、ダメだ……)

半周も走らないうちに、幸四郎は窮地に追いこまれた。酒の入った体が重く、おまけに蒸し暑いから、大量の汗が噴きだしてくる。心臓が怖いくらいに早鐘を打ち、ちょっとでも気を抜けば脚がもつれてしまいそうだ。

「すまん、ちょっとスピードを落としてくれ」

喉まで出かけた言葉を、ぐっと呑みこんだ。そんな泣き言は、意地でも言うわけにはいかなかった。じりじりと離されていったが、ムキになって食らいついていく。

「お、おいっ……」

声をかけたのは、沙雪がコースをはずれようとしたからだった。

「どこに行くつもりだ。コースはそっちじゃない」

「いいんですよ」

沙雪は足踏みをして幸四郎を待ちながら、余裕の笑みを浮かべた。

「ジョギングコースだけだと、すぐに一周しちゃうじゃないですか。こっちの散歩コースもぐるっとまわれば、倍以上ありますからね。アップダウンもあって楽しいし」

ニヤリと笑った沙雪の笑みが、幸四郎には悪魔の笑みに見えた。

ガンダーラ公園のジョギングコースは一周約一キロだが、公園自体はその何倍もの敷地がある。とはいえ、コースは膝を痛めないようにクッションの利いた道になっているので、それ以外を走るジョガーはほとんどいないのだ。

（ち、ちくしょう……）

幸四郎は歯を食いしばって沙雪を追った。広くて直線が多いジョギングコースに対し、散歩コースは、さながらワインディングロードのように細い道がうねうねとうねっている。アップダウンもある。照明も暗い。意地だけではどうにもならず、足をとめた。体を折り、両手で両膝をつかんで、ひいひい言いながら呼吸を整えた。

惨敗だった。

こんなことなら誘わずにおけばよかったと後悔しつつふらふら進み、丘の上の広場に出た。沙雪の姿はなかった。後ろ姿も見えない。上司を置き去りにして行くなんてひどいやつだと思いながら、眼についたベンチに腰をおろす。

うつむいて呼吸を整えていると、隣に人が座る気配がした。

沙雪だった。

「俺はもう走れん。先に行っていいぞ……」

うつむいたまま力なく首を振ると、

「でも……」

沙雪が不安げに声をひそめた。

「休むならご自宅に戻られたほうが……」

「動けないんだよ」

幸四郎の口調は拗ねていた。自分でもいささか大人げないと思ったが、思いやりの欠片(かけら)もない部下に対し、苛立ちが隠せなかった。

「でも、ここ、なんだか様子がおかしいから……やだ」

沙雪が口を押さえた。なんだか様子がおかしいのは彼女のほうだった。嫌いな上司をジョギングで翻弄し、勝ち誇った顔をしていてもおかしくないはずなのに、困惑ばかりが伝わってくる。

幸四郎は顔をあげ、沙雪の視線の先を探った。その広場のまわりをぐるりと取り囲むように、十ほどのベンチが並んでいる。沙雪が見ていたのは向かいの遠いベンチだった。

若い男女が抱きしめあい、キスをしていた。

広場には照明が少なく、視界が覚束なかった。にもかかわらずはっきりとわかるほど、露骨に口を吸いあっている。ネチャネチャという音まで聞こえてきそうな勢いで、舌をからめあっている。

いや……。

よく見れば、ほとんどのベンチで男と女が身を寄せあっていた。口づけをしたり、体をまさぐりあったり、ボディランゲージで愛をささやきあっている。どのカップルもティーンエイジャーか、せいぜい二十歳くらいの若者ばかりだ。

「最近の若い子って……」

沙雪が忌々しげにつぶやいた。

「こういうこと抵抗ないのかしら。人前でキスしちゃうとか……ス、スカートの中に手を入れてる子もいますよ」

「キミは抵抗ありそうだな？」

幸四郎がからかうように言うと、

「あたりまえです」

沙雪はキッと睨みつけてきた。

「わたしはもっと……セックスについて真面目に考えてますから」

「ははーん、なるほど」

幸四郎は置いてけぼりの意趣返しに、舌鋒を鋭くした。

「さては、セックスを真面目に考えすぎて、新婚のダンナさんにつむじを曲げられたんじゃないのかい？　それで実家に逃げ帰ってきたんだろ？」

沙雪は棒を呑みこんだような顔になった。口から出まかせの嫌味だったが、どうやら図星を指してしまったらしい。

「ううう……」

沙雪は夜闇の中でもはっきりわかるほど顔を真っ赤にし、右手を振りあげた。ビンタされる、と幸四郎は身構えたが、平手は飛んでこなかった。沙雪は紅潮した顔をにわかに歪めると、両手でそれを覆った。嗚咽をもらして泣きはじめた。

「おいおい……」

幸四郎は苦笑した。

「なにも泣くことはないじゃないか……」

内心ではかなり焦っていた。女を泣かせて焦らない男はいないし、夜の公園でふたりきりのシチュエーションならなおさらだった。おまけに沙雪は、男に涙を見せるようなタイプではない。よほどなにかが溜まっているのだろうか。

「セックスを……セックスを真面目に考えてなにが悪いんですか……」

えっ、えっ、と喉を鳴らしながら、沙雪は言った。

「セックスっていうのは、愛の確認作業でしょう？　メイクラブでしょう？　人間にとって、もっとも神聖な行為であるはずなのに……」

「そこらの若い子の話かい？　それとも……」

「夫の話です」

やれやれ、と幸四郎は内心で深い溜息をついた。いまどき珍しい堅物である。

「そりゃまあ、神聖なものには違いないよ」

諭すように言った。

「しかし、神聖な中にも遊び心が必要なんじゃないかな。真面目な話をしているときだって、ユーモアを忘れちゃいけないのが話術だろ？　それと一緒だよ」

「だからって、あんな変態みたいなこと……」

「ほう」

幸四郎は身を乗りだした。彼女のようなタイプに変態プレイを仕掛けようとするなんて、ご主人もなかなか剛の者だ。

「ちなみに、どんなことをしてほしいって言われたのかな？」

沙雪が睨んできたが、幸四郎は臆せず続けた。

「いやね、変態にも、許される変態とそうではないのとあると思うわけだ。すべてを一緒くたにしてしまうと、見失うこともあるかもしれないよ」

「ううう……」

沙雪は眼を泳がせて逡巡した。反りの合わない上司にプライヴェートを明かしたくないが、さりとて自分の胸だけにしまっておくのも限界に近い――そんな心情が見てとれた。

「AVを……一緒に観ようとか……」

蚊の鳴くような声でポツリと言った。

「おいおい……」

幸四郎は苦笑するしかなかった。

「そんなことで変態呼ばわりしたら、いくらなんでもダンナさんが可哀相だぞ。カップルでＡＶを観るくらい、いまどきは高校生でもやってるよ」

「そうでしょうか」

「ああ」

「支店長もですか？」

まじまじと顔を見つめられ、

「いや、まあ……」

幸四郎は眼を泳がせた。

「新婚時代には……一緒に観てたかな……」

嘘だった。妻の雅美にそんな誘いをしたら、激怒されたに決まっている。だが、幸四郎には妻と一緒にＡＶを観たいという欲望がなかったから問題はない。夫が一緒に観たいと望むなら、付き合ってやればいいのである。

「他には？」

あわてて話題を変えた。

「まさか、ＡＶだけで実家に帰るほど怒ったわけじゃないよな」

「ディスカウントショップで変な服を買ってきたり……」

「変な服？」

「チャイナドレスとか、網タイツとか……この前はセーラー服まで……」

「むうう」

幸四郎は唸った。彼女の夫のことを心の底から応援したくなった。

「つたく、それくらいで目くじらを立てるなよ。コスプレ風俗に通いつめたわけでもあるまいし。家でコスプレしたいだなんて、愛されてる証拠だぞ」

「……そうでしょうか」

「そうに決まってるよ。キミ、棚田くん、いくら仕事が有能でも、そんなことじゃあ、妻としては失格だね。零点だ。愛がないよ、愛が」

「ううう……」

沙雪は悔しげに唇を嚙みしめ、すくめた肩を震わせた。文句を言いつつも、夫に対して罪悪感があるのだろう。彼女が落ちこんでいる本当の理由は、刺激を求めている夫の行為にあるのではなく、それを受けいれられない自己嫌悪にあるようだった。

4

「……やだ」

沙雪が眼を丸くし、口を押さえた。

幸四郎は彼女の視線の先を探った。

広場を囲むベンチのひとつで、カップルがおかしな動きをしていた。女が男の腰に上半身を預け、もぞもぞと動いている。

（おいおい……）

さすがに幸四郎も顔をしかめた。

フェラチオだった。

勃起しきった男根を、女が口に含んでいた。

だが、よく見れば、限度を超えたふしだらなプレイに淫しているのは、そのカップルだけではなかった。

さすがに結合までしている男女はいなかったが、他にもフェラに勤しんでいるカップルが二組、乳房を揉んだり吸ったりしているカップルが三組いた。

「いったい……いったい、なんなの……」

沙雪が声を震わせる。

「こんなところで……公園であんなことまでしちゃうなんて……」

「若いくせに、露出プレイが好きなのかねえ。ここはもしかすると、そういう趣味の人が集まる場所なのかもしれないな」

「ええっ？」

「よくわからないが、してるところを見せあったり……」

「そんな……わたしがこの公園を走ってたころは、そんなことなかったのに……」

「キミが高校生のころって、もう十年も前の話だろ？」

「……そうですけど」

「十年もあれば、いろいろなことに変化が起こるものさ。露出プレイが好きで、ここが同好の士が集まる場所なら、べつに目くじらを立てることじゃない」

言いつつも、幸四郎も衝撃を受けていた。早朝はあれほど多くいるジョガーが、夜にはまったくいない理由がようやくわかった。

「とはいえ、だ……」

ふうっとひとつ息をついてから言った。

「同好の士じゃないわれわれは、退散したほうがよさそうだな。のぞきに来た野次馬だと思われて、からまれるのも面倒だ」

ベンチから立ちあがったが、沙雪は腰をあげなかった。美貌を可哀相なくらいひきつらせて、小刻みに首を横に振っている。

「んっ？　どうした」

「う、動けません……」

「なんだと？」

「腰が……腰が抜けてしまったみたいです……」

「……嘘だろ」

幸四郎はベンチに座り直し、苦りきった顔をした。

どうやら、冗談ではないようだった。沙雪はいまにも泣きだしそうな顔で必死に立ちあがろうとしているが、下半身がビクともしない。

（免疫がないんだな……）

過剰にツンケンしている女にありがちなことだが、きっと子供のころから優等生のお嬢様育ちなのだろう。遠目にフェラチオを見たくらいで腰が抜けてしまうとは、笑止千万である。そろそろ三十路を迎えようというのに、いったいいままでどれほど清廉潔白な人生を送ってきたのか、つぶさに問い質したい衝動に駆られてしまう。

しかし、すぐにそれよりいい方法を思いついた。こういうチャンスもあまりないだろうから、上司の責任として少し免疫をつけてやろう。

「おい、まずいぞ……」

幸四郎はわざとらしく声をひそめて耳打ちした。

「あっちにヤンキーふうの男がいるだろう？」

「……はい」

「あの男が、さっきからこっちをチラチラ見てる。このままここにいたら、からまれるかもしれない」

嘘だった。ヤンキーふう男はいかにも凶暴なルックスをしていたが、隣の女のスカートの中をまさぐることに夢中になっている。だが、夜闇の中なので、見ていると言えばそんな気になってしまうものだ。

「そ、そんなこと言われても……」

案の定、沙雪は怯えきった顔で身をすくめた。

「からまれないようにするには、俺たちがのぞきに来たわけじゃなくて、同好の士であることを示す必要があるな」

幸四郎はあくまで真顔で言った。

「どうやってです？」

「キスしよう」

「……冗談でしょう？」

沙雪は唖然とし、泣き笑いをするように眼尻を垂らした。

「冗談じゃないが、嫌か？」

「嫌ですよ、あたりまえじゃないですか」

「そうか……」

幸四郎はとぼけた顔でうなずきつつも、はらわたが煮えくり返った。

（なんだよ、ちくしょう。せっかく人が免疫つけて、ひと皮剝いてやろうと思ったのに。キスくらいさせてくれてもいいじゃないかよ……）

そのとき、件のヤンキーがベンチから立ちあがった。ズボンのポケットでも探るためだろう。すぐに座り直したのだが、沙雪に及ぼした恐怖効果は絶大だった。

「キキキ、キス……キスしてください……」

幸四郎の肩にしがみついて言った。エロスに免疫がない彼女は、ヤンキーにもまた極端に慣れていないようだった。

「おおお、お願いします、支店長……キス……キス……」

夜闇の中に突きだされた沙雪の唇は、薔薇の花びらのように魅惑的だったが、幸四郎はすでに臍を曲げていた。やさしく免疫をつけてやる気も、ひと皮剝いてやる気もなくなっており、すっかり意地悪な気分になっていた。

「僕とはキスしたくなかったんだろう？」

「でも……でも……」

沙雪の視線はキョロキョロと泳いでいる。いつまたヤンキーが立ちあがるのか、気が気ではない様子である。

「僕とキスがしたくないなら、ひとりですればいいじゃないか？」

「ひとりでって……ええっ？」

「オナニーするんだよ」

幸四郎はニヤリと卑猥な笑みを浮かべ、沙雪の顔をのぞきこんだ。

「オナニーしてれば、さすがに同好の露出好きだと思われるだろうからね。ヤンキーにからまれることもない。それに……」

沙雪は息を呑んだまま声も出ない。

「キミにとってこれは、自分の殻を破るチャンスにもなる。夫のことを許せるようになって、夫婦円満を手に入れることができる」

沙雪は言葉の途中でハッとなり、

「そ、そうでしょうか？」

と食いついてきた。

「ああ、そうとも。AVを一緒に観ようとか、コスプレしてほしいなんて頼みくらい、笑って許せるようになる。そうなりたくないかい？」

「……なりたいです」

「だったらオナニーすることだ」

「ひっ……」

幸四郎が右手をつかむと、沙雪は小さく悲鳴をあげて肩をすくめた。ピンク色のジョギングウエアに包まれた体が、こわばって震えている。

「なにも服を脱げって言ってるわけじゃない。おあつらえ向きの格好をしてることだし、手を突っこんでいじればいいだけだよ」

幸四郎は沙雪のTシャツの裾をまくり、短パンの中に彼女の右手を突っこんだ。

「いっ、いやっ……」

沙雪は顔をひきつりきらせたが、幸四郎は許さなかった。

「さあ、やりたまえ」

「で、でも……」

「ヤンキーにからまれてもいいのか？　ダンナとこのまま離婚するのか？」

「ああっ……あああっ……」

すがるような上目遣いで首を振る沙雪は、ほとんどパニック状態に陥っていた。自分ではなにも判断できず、幸四郎の言葉にマインドコントロールされたように、短パンの中で手指を動かしはじめた。

「ああっ……いやああっ……」

せつなげに眉根を寄せ、スレンダーなボディをくねらせる。

「ちゃんといじってるか？」

「い、いじってます……」

「気持ちいいのか？」

「そ、それは……」

眼をそむけつつも、沙雪の息ははずみだした。みるみるうちに、公園を三周も走ったくらいにハアハアと荒くなっていく。

免疫がなく、自制心は強くても、性感は充分に発達しているらしい。もうすぐ三十路ともなれば、欲望がないほうがおかしいのだ。ジョギングパンツの奥から、ねちゃねちゃ、くちゃくちゃっ、と粘りつくような音が聞こえてくる。

「ずいぶん燃えてるみたいだな。みんなキミに注目してるぞ。あの綺麗な女の人、オナニーしてるって呆れてるぞ」

「いっ、いやっ……くぅうっ……」

声をこらえて喜悦に悶える横顔がいやらしすぎたので、幸四郎は眼を剥いてむさぼり眺めてしまった。さすがに美人だけあって、匂いたつような色香を放つ。

いや……。

彼女の悶え顔がいやらしいのは、ただ単に美人だからではなかった。脱皮しようとしているからだ。

自分の殻を破り、女として開花のときを迎えようとしているからこそ、むせかえるほどの色香を放っているのだ。

「イクまでやるんだぞ」

幸四郎は沙雪の耳元でささやいた。

「そうすれば、なにもかもうまく行く。キミはきっと生まれ変われる」

もはや意地悪な気持ちは後退し、彼女がひと皮剝けていく様子を、固唾を呑んで見守っている。

「ううっ……あああっ……」

沙雪が首を振り、ポニーテールの尻尾を振りたてた。半開きの唇が動いた。ダメ、と声にならない声をあげ、もうイキそうだと訴えてくる。

「イケ！　イクんだ！」

励ますように耳元で言うと、

「で、出ちゃいますっ……声がっ……声が出ちゃいますっ……」

股間をいじっていないほうの手で、幸四郎の首をつかんだ。しがみついて、強引にキスをしてきた。

「むむっ！」

幸四郎は眼を白黒させた。沙雪の唇はふっくらして、吐息が異常に甘酸っぱかった。発情のせいだろうか。しかし、沙雪はよけいなことを考えている隙を与えてくれなかった。いきなり口を開いて舌をからめてきた。

「うんぐぐーっ！」

次の瞬間、沙雪は鼻奥で激しく悶えた。オルガスムスに達したのだ。知的な美貌を真っ赤に染めあげて、必死になって幸四郎の口を吸いながら、全身の肉という肉を淫らがましく痙攣(けいれん)させた。

5

家に戻った。

沙雪も一緒だった。

「うちに寄っていくか」

幸四郎が誘うと、素直にうなずいた。

先ほどまで腰が抜けていた影響や、オナニーの余韻のせいもあるだろうが、帰りは幸四郎のスピードに合わせてゆっくりと走ってくれた。

無言で走りつづけたので、家にあがっても会話の糸口がつかめなかった。

ただ、お互いに考えていることは同じだろうと思われた。

幸四郎は沙雪が自慰でゆき果てていく姿を目撃し、これ以上なく興奮してしまったし、沙雪は沙雪で、自慰だけでは収まりのつかないなにかを抱えているようだった。

お互いの間に流れている空気がひどく生々しく、異様な熱気を孕んで、ちょっとでもきっかけがあれば、激しい情事に雪崩れこんでいきそうだった。

キスをしてしまったことも大きい。

声を押し殺すためとはいえ、自分から上司に口づけをしてしまった事実が、沙雪をいつもとは別人のようにしおらしくさせている。

（とりあえず、ビールでも呑むか……）

幸四郎は気まずい雰囲気をアルコールで誤魔化すため、冷蔵庫を開けようとしたが、その脇に掛けられていたものに眼がとまった。

エプロンだ。

実和が忘れていったもので、メイドが着けるような、胸当てのある白いフリフリのエプロンである。早々に処分しなければと思っていたのに、なんとなく捨てそびれていたものだったが、それを見た瞬間、ビールを呑むよりいいアイデアが閃いた。

「どうだい、気分は？」

振り返り、所在なさげに立っている沙雪に声をかけた。

「野外でオナニーして、少しは意識変革が叶ったかな？」

沙雪は苦く笑って、曖昧に首をかしげた。

「もう少し鍛えてやろうか？」

「えっ？」

「上司として、キミをもうひと皮剝いてやろうって言ってるんだ。どうなんだ？」

少し声を大きくすると、

「えっ、はい……お、お願いします……」

沙雪は怯えた顔で頭をさげた。普段のツンケンぶりが嘘のような従順さだった。

「じゃあ、これを着けたまえ」

幸四郎は冷蔵庫の脇から白いエプロンを取り、沙雪に向かって突きだした。

「これは男を悦ばせるコスプレの基本だ。そのうちダンナさんもきっと求めてくる」

「これがですか？　男を悦ばせる？」

沙雪は受けとったエプロンをしげしげと眺め、しきりに首を傾げてから着けようとした。

「そうじゃない！」

幸四郎の怒声に、ビクンッと肩をすくめる。

「コスプレのエプロンって言ったら、裸エプロンに決まってるじゃないか！」

「は、裸……」

沙雪が泣きそうな顔になる。

「そうだよ。着けていいのは、せいぜいパンティ一枚。あとは全部裸になって、その上にエプロンを着けるんだ」

「そ、そんな……どうしてそんな恥ずかしいこと……」

「恥ずかしいから男は悦ぶんだよ。そんなのあたりまえじゃないか。さあ、とっとと恥ずかしい裸エプロンになりたまえ」

「ううっ……」

沙雪は頬をふくらませ、眼を吊りあげて、幸四郎を睨んできた。しかし、反論の言葉は出てこない。先ほどの公園での出来事が、足枷（あしかせ）になっているのだ。あれほどの醜態をさらしてしまったからには逆らえない――プライドの高さが逆に、彼女をそんな窮地へと追いこんでいく。

「さあ、早く」

幸四郎が嵩にかかって言うと、

「わ、わかりました……」

沙雪は涙声で答え、ピンク色のTシャツの裾をつかんだ。覚悟を決めるようにハーッと息を吐きだしてから、一気に脱いだ。

（おおうっ！）

幸四郎は眼を見開き、息を呑んだ。ブラジャーはゴールドだった。サイズが小ぶりなせいか、巨乳の実和のようなスポーツブラではなく、つやつやした光沢のあるシルクの四分の三カップブラだ。

セクシーだった。いささか強引に寄せてあげられているせいでしっかり谷間はできているし、なにより肌の白さが艶めかしかった。きめが細かく張りがあり、ゴールドシルクにも負けないくらい輝いている。

「こ、これもですか？」

沙雪がブラジャーを指差し、上目遣いでじっとりした眼を向けてくる。

「もちろん！」

幸四郎は鼻息荒くうなずいた。

「パンティ一枚にエプロンだって言っただろう」

沙雪は言いつつも、両手を背中にまわしてブラジャーのホックをはずした。知的な
「でも……でも、恥ずかしい……」

美貌が羞恥に赤く染まり、歪んでいる様子がいやらしすぎる。

「これは……これはキミのためなんだぞ。キミのところの夫婦円満のために、鍛えてやってるわけで……僕だって好きでやってるわけじゃあ……」

言い訳じみた台詞の途中で、幸四郎は言葉を忘れた。沙雪がブラのカップをめくり

さげたからだ。

手のひらにすっぽりと収まりそうな、可愛らしい乳房が恥ずかしげに顔を出した。小さくとも、丸みは充分にあって、ツンと上を向いている。なにより乳首が淡いピンクだった。もうすぐ三十路とは思えない、清らかな色合いが眼に染みた。

「ううっ……うううっ……」

沙雪は恥ずかしさに身悶えながら、ソックスを脱ぎ、短パンに手をかけた。恥ずかしがれば恥ずかしがるほど、よけいに恥ずかしくなるという原理に気づいたらしい。ヤケになったように、あわてて脱いだ。ブラと揃いのゴールドシルクのパンティが、股間にぴっちりと食いこんでいる姿を披露した。

「ああっ……あああっ……」

ヤケになっても恥ずかしいものは恥ずかしいらしく、沙雪はすかさず白いエプロンを着けて乳房と股間を隠した。

しかし、世の中には裸でいるよりいやらしい格好というものが存在するのである。

それを思い知らせてやるために、幸四郎は玄関から姿見を運んできて、沙雪の前に立ててやった。

「いっ、いやああっ……」

鏡に映った自分の姿を見て、沙雪は涙声をもらした。それもそのはずだ。単なる裸なら恥部を隠せばそれですむが、白いフリフリのエプロンに飾りたてられた裸身は、いかにも男を悦ばせるための慰み者めいており、プライドの高い女にとっては屈辱を嚙みしめずにはいられないものだった。

沙雪がエプロンをはずそうとしたので、

「おおーっと」

幸四郎は後ろから抱きしめてそれを阻止した。

「どうして脱ごうとするのかな。けっこう似合ってるのに」

「いやです、こんな……恥ずかしい……」

沙雪は真っ赤に染まった顔をいやいやと振った。

「だから、女が恥ずかしがるから男は興奮するって言ってるだろ」

「で、でも……」

「それに……」

幸四郎は両手を後ろから伸ばし、エプロン越しに双乳をつかんだ。

「あああっ……」

沙雪の美貌が歪む。

「それに……恥ずかしいから感じちゃうってこともあるんじゃないのかい？　さっきの公園を思いだせよ。見られちゃうかもしれないって思って燃えちゃって、すぐにイッちゃったじゃないか」

幸四郎は熱っぽく耳元でささやきながら、乳房を揉みしだいた。完全に調子に乗っていた。エプロンの生地は硬くてごわごわし、決していい揉み心地ではなかったが、姿見に映っている様子が素晴らしい。恥辱に歪んだ知的な美貌と、裸エプロンのハーモニーが、凡百のＡＶを凌駕するエロティシズムを放射する。

（たまらないよ、もう……）

両手をエプロンの中にすべりこませ、生乳を揉みしだいた。エプロンにこすれたせいか、乳首はすっかり尖っていた。色合いは清らかでも、感度はすこぶるいいらしい。

「あああっ……あああっ……」

沙雪はあえぎながらも、チラチラと姿見に眼をやっていた。元より頭のいい女だった。幸四郎の意図するところは、きちんと理解できているのだろう。それを受けいれるのか受けいれないのかは、また別問題であるが……。

「この角度の眺めがいちばんいやらしいんだ」

幸四郎は沙雪の体を、姿見に向かって斜めにした。プリンと丸みのあるヒップが、つやつやと輝くゴールドシルクのパンティに包まれている。それがエプロンの裾からはみ出て見えると、とびきり卑猥だった。尻のカーブに手のひらをぴったりと吸いつけ、すりすりと撫でさすってやると、卑猥な光景に拍車がかかった。

「どうだ、いやらしい眺めだろう？」

「あぁっ、いやっ……いやあっ……」

沙雪は尻を振りたてたが、それは完全に逆効果で、鏡に映った裸エプロンの女を淫乱のように見せただけだった。

(こんなことしたら、どうだ？)

幸四郎はヒップを包んでいるパンティの生地を掻き寄せ、Tバック状にして桃割れに思いきり食いこませた。

「あううっ！」

沙雪が伸びあがって爪先立ちになる。ヒップの双丘はほとんど剝きだしになり、艶めかしく引き締まったカーブを鏡に映していた。

（なんて……なんていやらしい尻だ……）

豊満な巨尻を好む幸四郎ではあるが、引き締まった沙雪の尻にも魅了された。なにより長いコンパスがそそる。この両脚がM字に開かれればどれだけいやらしい光景が現れるのか、想像するだけで生唾が口の中にあふれだした。夢中になって生尻から太腿を撫でまわし、鏡と実物を交互に眺めた。

右手でそうしつつ、左手では搔き寄せたパンティを引っぱった。クイッ、クイッ、とリズムをつけて桃割れに食いこませ、その奥にある女の花を刺激してやる。

「ああっ、いやあっ……いやあああっ……」

沙雪は激しく身悶えながらも、首をひねって幸四郎を見た。一方的に責められているのは耐えきれないとばかりに、みずから唇を差しだし、キスを求めてきた。

「うんんっ！」

幸四郎は応えてやった。ネチャネチャと品のない音をたてて舌をからめあいながら、右手で尻を撫でまわし、左手でパンティを引っぱりつづけた。

6

「しゃがむんだ」

ひとしきり裸エプロンへの愛撫を愉しむと、幸四郎は沙雪を足元にしゃがませた。もはや限界だった。

相手が天敵とも思えた部下であることも忘れて、全身の血液が沸騰しそうなくらい興奮しきっていた。

前がもっこりとふくらんだジョギングパンツを突きだすと、

「な、なにを……」

沙雪は両眼を歪めきった顔で見上げてきた。

「なにをって、フェラさ。決まってるじゃないか。コスプレと仁王立ちフェラはセットなんだよ。そんないやらしい格好をして、おしゃぶりをしないなんてあり得ない」

幸四郎は両手で腰を持ち、男のテントを誇示した。

「でも……わたし……苦手で……」

沙雪が眼をそむける。

「苦手なら克服すればいいじゃないか。ダンナさんに奉仕する練習だと思えばいい。何事にも練習は大事だよ。テニスをやってたならわかるだろう？」

「テニスとこれとは……違うと思いますけど……」

沙雪はぶつぶつ言いながらも、幸四郎のジョギングパンツに手をかけ、めくりおろした。ブリーフまで一緒にずりさげたので、勃起しきった男根がブーンとばかりに反り返った。肉竿にぷっくりと血管を浮かべ、亀頭が赤黒く充血した凶暴な姿で、沙雪を威嚇した。

「やっ……」

沙雪は眼の下を赤らめ、長い睫毛(まつげ)をフルフルと震わせたが、視線が男根に吸い寄せられていく。彼女も人妻だった。それも、夜の公園で自慰をするという破廉恥(はれんち)行為で、ひと皮剝けたばかりの人妻なので、欲情しないわけがなかった。

「こんなに……こんなに大きいなんて……うちの人より、ずいぶん……」

サイズを確かめるように、細指が根元にからんだ。

「か、硬いっ……そ、それに、太すぎるっ……」

怯えたような言葉遣いとは裏腹に、沙雪の瞳はみるみる淫らに潤みきって、欲情を隠しきれなくなった。顔を近づけ、ピンク色の舌を差しだし、竿の裏側からねっとりと舐めあげてくる。

「むうぅっ……」

幸四郎の腰は鋭く反った。沙雪の舌の感触は、初々しかった。舌腹がとてもなめらかだったし、人妻とは思えないほど遠慮がちに舐めてきた。

「うんんっ……ぅんんっ……」

それでも、舐めているのは間違いなく会社で天敵だった彼女だった。あの生意気な女におのが男根を舐めさせているのだと思うと、幸四郎は勝ち誇ったような気分になった。

おまけに、白いフリフリの裸エプロンなのである。そんな恥ずかしい格好で舌奉仕に励む姿を、鏡にまで映しているのだから、興奮せずにはいられない。

「……ぅんあっ！」

やがて沙雪は、唇を割りひろげて亀頭を咥えこんできた。いよいよ遠慮もなくなってきて、情熱的に唇をスライドさせはじめた。

（エロい……エロすぎる……）

幸四郎はせわしなく視線を動かし、生身の沙雪と、鏡に映った沙雪を交互に眺めた。男根をしゃぶりあげている知的な美貌を、上からも横からも見られる悦びは、筆舌に尽くしがたかった。眼福もここに極まれりである。ポニーテールにしているから、顔が髪に隠れることもなく、舐め顔だけをまじまじとむさぼり眺めることができる。

「見てみろよ」

意地悪く声をかけた。

「自分がどれだけいやらしい顔をしてチ×ポを舐めてるか、よーく見るんだ」

「うんぐっ！　ぐぐぐっ……」

沙雪はチラリと鏡を見やるや、恥辱に美貌を歪めきった。反射的に男根を口から抜こうとしたが、幸四郎は頭を押さえてそれを許さない。

「苦手だなんて言ってないで、ダンナさんのチ×ポもしっかり舐めてやれよ。コスプレが好きならコスプレ姿で、こうやって鏡の前で……それが夫婦円満の秘訣さ！」

沙雪の頭を両手で鷲づかみにし、ぐいぐいと腰を使った。ずぼっ、ずぼっ、と音をたて、フェラチオよりさらに激しいイラマチオで、生意気な女の口を犯し抜いた。

「うんぐっ……ぐぐぐっ……」

沙雪は鼻奥で悶絶し、細めた眼から涙を流したが、それでもやめる気にはなれなかった。彼女のことが憎かったからではない。悶絶し、涙を流しつつも、沙雪が興奮しているように見えたからだ。少しMっぽいところがあるのかもしれない。責められて燃える彼女の陶酔感が、責めている幸四郎にもありありと伝わってきた。

「……よし」

幸四郎は沙雪の口唇から男根を引き抜いた。肉竿はねっとりと唾液の光沢にコーティングされ、引き抜いた瞬間、沙雪の口からは大量の涎が垂れた。

「ここに手をつくんだ」

姿見の前に椅子を置き、ハアハアと息を荒げている沙雪をうながした。立ちバックの体勢だった。肉感的な女はバックから突くに限るが、生意気な知的美女もまた、屈辱的なワンワンスタイルが相応しい。前に鏡があればなおさらだ。後ろから突きあげながら、羞恥と喜悦に歪んだ表情をつぶさに眺めることができる。

「ううう っ……あああっ……」

椅子に手をついた沙雪は、眼と鼻の先にある姿見を見てあえいだ。ポニーテールに裸エプロンという、立ちバックで犯されるに相応しい姿の女がそこにいた。

幸四郎は沙雪の背後に陣取ると、まずはパンティを脱がしにかかった。

ゴールドシルクの生地が掻き寄せられ、Tバック状に桃割れに食いこんでいる。それをずりさげていきながら、先ほどイラマチオに耽りながら覚えた直感が、間違っていなかったことを確信した。

股布を剝がした瞬間、むわりと獣じみた匂いがたちこめてきたのだ。相当濡らしているらしい。息もできない口腔責めに悶絶させられながらも、彼女は興奮していたのだ。発情のエキスを大量に漏らし、女の部分を熱く疼かせていたのだ。

「あああっ……」

桃割れの奥に指を忍びこませていくと、沙雪は身をよじった。

「すごいじゃないか」

幸四郎は眼を輝かせた。やはり尋常ではない濡れ方だった。ヌルヌルの花びらをくつろげると、あふれた蜜が指にねっとりとからみついてきた。ともすれば指が泳ぎそうなくらい、割れ目が泉のようになっている。

すかさずその部分に、男根の切っ先をあてがった。亀頭もまた、濡れていた。沙雪の唾液と先走り液で、呆れるくらいヌメリきっていた。

「いくぞ……」

狙いを定め、鏡越しに沙雪を見た。

「あああっ……あああああっ……」

沙雪の美貌は生々しいピンク色に上気し、とくに両耳が真っ赤だった。どれほど恥ずかしがっても、興奮は隠しきれなかった。屈辱的な裸エプロンを強要され、しかも鏡の前で挿入されようとしているのに、こみあげる欲情に身悶えている。

「むううっ！」

幸四郎は息を呑み、腰を前に送りだした。勃起しきった男根で濡れた花びらをめくりあげ、欲情が渦巻く肉ひだの層の中にずぶずぶと侵入していった。

「んんんっ……くぅううっ……」

沙雪がくぐもった声をもらす。彼女も息を呑み、それをとめて、挿入の衝撃に身構えている。幸四郎がさらに入っていく。淫らな汁気と卑猥な熱気と、なによりもヌメヌメした貝肉のような感触が、おのが男根を包みこんでくる。

「はっ、はぁあああああーっ！」

ずんっ、と突きあげると、沙雪はのけぞって悲鳴をあげた。幸四郎はわなわなと打ち震えている柳腰をつかみ、ピストン運動を送りこんだ。引き締まった丸尻を、パンパンッ、パンパンッ、と打ち鳴らし、一足飛びにピッチをあげていく。

「ああっ、いやあっ……いやあああぁーっ！」

沙雪は細首をうねうねと揺らし、ポニーテールの尻尾を跳ねさせた。白いフリフリのエプロンに飾られたスレンダーボディをくねらせて、欲情を解き放った。

「あああっ……き、きてるっ……奥まできてるっ……いちばん奥まで届いてるううううううーっ！」

紅潮した美貌をくしゃくしゃにして、鏡越しに見つめてきた。幸四郎も見つめ返す。快感が腰引き締まったヒップの奥に鎮座する蜜壺は、男根を痛烈に食い締めてきた。快感が腰振りに熱をこめさせ、表情を険しくさせる。沙雪が見つめてくるので、視線を離せない。鬼の形相になって睨みつけながら、コリコリした子宮をずんずん突きあげる。

「あううっ！　はぁううっ！」

沙雪があえぎ、

「どうだ！　どうだ！」

幸四郎は雄々しく腰を振りたてた。あっという間にフルピッチまで高まったストロークで連打を放つと、蜜壺から発情のエキスがあふれてお互いの内腿をびっしょり濡らした。それでもストロークはとまらない。鏡越しに視線をからめあわせながら、さらに突く。突きあげる。

「あああっ……いいっ！」

沙雪は汗ばんだ首筋を振りたて、鏡越しにすがるような切羽つまった眼を向けてきた。

「もうダメッ……わたし、もうっ……もうっ……」

「もうイクか？　イッちゃいそうか？」

幸四郎もまた、こみあげてくる射精欲に苛まれていた。もっとじっくり結合の愉悦に浸りたくとも、腰の動きをスローダウンすることができない。沙雪を乱れさせたくて、奥へ奥へと突きあげてしまう。

「ああっ、ダメダメダメッ……もう、もう我慢できないいいいいいーっ！」

沙雪がしたたかに身をよじり、全身をこわばらせた。鏡に映った美貌は、唇を淫らなＯの字に開いていた。あえぎすぎて閉じることのできなくなった口からはしかし、もう悲鳴は飛びださなかった。恍惚の予感に息をとめて身構えているからだ。悲鳴のかわりに涎がツツーッと糸を引き、紅潮した胸元に垂れていく。

「ああっ、イクッ……もうイッちゃうっ……イクイクイクイクッ……はっ、はぁおおおおおおーっ！」

獣じみた悲鳴を放ち、次の瞬間、ビクンッ、ビクンッ、と腰を跳ねさせた。幸四郎がしっかりと両手で腰をつかんでいなければ、結合がとけてしまいそうな勢いだった。

「あああっ、すごいっ……こんなの初めてっ……こんなの初めてええええええーっ！」

絶叫し、ポニーテールの尻尾を振り乱しながら、五体の肉という肉を痙攣させた。ガクガク、ブルブルと全身を震わせ、恍惚の彼方に昇りつめていく。

「むううっ！　むううっ！」

幸四郎は顔を真っ赤にして腰を振りたてた。アクメに痙攣する女体にピストン運動を送りこむ快感に、呼吸を忘れて没頭していた。ただでさえ締まりのいい蜜壺が、絶頂に達した瞬間、淫らがましく収縮した。ひくひくとうごめきながら男根に吸いつき、男の精を絞りだそうとしてきた。

「出すぞっ……こっちも出すぞっ……」

幸四郎が鬼の形相でフィニッシュの連打を開始すると、

「ああっ、出してっ！　たくさん出してえええええーっ！」

沙雪は鏡越しに視線を向けながら、尻を振りたててきた。引き締まった小尻なので、左右に振られる感触が、ダイレクトに男根に伝わってくる。にわかに摩擦感が増し、幸四郎の両膝がガクガクと震えだした。

「おおっ、出るっ……もう出るっ……おおおおおーっ！」

ずんっ、と最後の楔を打ちこんで、煮えたぎる欲望のエキスを噴射した。一気呵成に責めつづけたせいか、ドピュドピュドピュッとすさまじい勢いで男の精が流出し、痺れるような快美感が尿道を駆けくだっていく。

「おおおおおっ……おおおおおっ……」

「はぁあああっ……はぁあああっ……」

喜悦に歪んだ声をからめあわせて、身をよじりあった。幸四郎の頭の中は真っ白だった。長々と続いた射精の間、なにも考えられなかった。忘我の心地で、ただ一心に肉の快楽だけを味わっていた。

第四章　桃色に躍る指

1

（この俺が禁断のオフィスラブか……）

会社のデスクにいる幸四郎は、人目を忍んではニヤニヤとほくそ笑んだ。笑っている場合ではないのだが、どうにも腹の底から笑いがこみあげてきてしようがない。

沙雪を立ちバックでイキまくらせたのが三日前。その翌日から、彼女は連休のシフトだったので、今日三日ぶりに出社した。

ノーブルな濃紺のタイトスーツに身を包んだ姿が凜々しかった。

態度は相変わらずツンケンしていたが、それはまわりの眼をあざむくためにわざとやっているのだろう。彼女とはもう、天敵でもなんでもない。いままでとはまったく逆に、肉体関係で結ばれた間柄なのである。

「すごかった……まだ頭がクラクラしています……」

情事のあと、沙雪は裸エプロンの格好のままソファに倒れこみ、しばらくの間、起きあがることができなかった。

「ふふっ、インテリの女には淫乱が多いっていうけど、あれは本当だったんだな」

幸四郎が笑いかけてやると、

「意地悪言わないでください」

沙雪は羞じらって顔をそむけた。

「わたしはもともと奥手のほうだし……セックスに積極的なほうでもなかったですが……支店長のおかげで、ひと皮剝けた気がします……ありがとうございました」

「ふむふむ。そうか、そうか」

幸四郎はすっかり脂下がって、事後のコーヒーを振る舞った。生意気な部下をグウの音も出ないほど絶頂させ、従順な女に仕立て上げた満足感は大変なものであり、男のプライドが存分に満たされた。

それに……。

彼女とはこれからも毎日顔を合わせるので、たった一度で終わることもないだろう。野外オナニーから裸エプロンでひと皮剝けたとはいえ、まだまだ彼女は床上手とはいえない。夫婦円満を取り戻すためには、今後とも幸四郎がひと肌もふた肌も脱いで、男女の営みについてじっくりレクチャーしてやる必要がありそうだった。

（ポニーテールにジョギングウエアの彼女もよかったが……）

幸四郎はパソコンを操作しているフリをして、オフィスを颯爽と歩いている沙雪を盗み見た。つやつやと輝く長い黒髪を揺らし、タイトスーツをエレガントに着こなした彼女は、なかなかに魅力的だった。黒いストッキングと黒いハイヒールの組みあわせもそそる。

今度はキャリアウーマン然とした彼女と、たとえば会社でまぐわってみたらどうだろう。深夜のオフィス、誰もいなくなったこの空間で、タイトスカートをまくりあげたら、沙雪はどんな反応を見せるだろうか。

当然恥ずかしがるだろうし、抵抗もするだろう。プライド高きキャリアレディの彼女のことだから、神聖な職場でふしだらな行為に耽ることに、強烈なタブー意識があるに違いない。

しかし、それを乗り越えてひいひいとよがり泣かせてやれば、また新たなセックスの扉を開くことができるのではないか。

「すいません」

声をかけられ、妄想に浸って鼻の下を伸ばしていた幸四郎はハッとした。いつの間にか、沙雪がデスクの前に立っていた。ちょうどこのデスクに彼女の両手をつかせ、立ちバックで突きあげているところを想像していたので、驚きと照れくささでどんな顔をしていいかわからなかった。

「ちょっとお話があるんですが、会議室までよろしいでしょうか」

沙雪が言い、

「……ああ」

幸四郎はうなずいて、会議室に向かった。もしかすると次の逢瀬(おうせ)の誘いだろうか、と妙に落ち着かない気分になった。

「先日は、本当にありがとうございました」

テーブルを挟んで向きあって座ると、沙雪は姿勢を正して深々と頭をさげた。

「支店長のおかげでわたし、いままで気づかなかった人生の真理に気づきました」

「ハハッ、人生の真理とは大げさだなあ」

幸四郎は笑った。しかし、実際問題、セックスが人生に占める割合は大きく、そのわりには学校も親も友達も、本当のことを教えてくれない。教えてくれるのは、快楽を分かちあった相手だけなのである。沙雪もきっと、まだまだ幸四郎に教わるべきことがあると思って、そんな大げさな言葉を口にしたのだろう。

「それで、いろいろ考えたんですが……」

沙雪はバッグから白い封筒を取りだし、テーブルに置いた。

(んっ？　……えええっ！)

幸四郎は一瞬わが眼を疑い、もう少しで椅子から転げ落ちてしまうところだった。

封筒に「辞表」と書いてあったからだ。

「わたし……」

沙雪は意を決するように息を呑むと、眼を伏せて言葉を継いだ。

「仕事を辞めて、いったん専業主婦になってみようと思います。夫との関係を改善するには、それがいちばんいいと気づきました」

「おいおい……」

幸四郎は焦った。苦笑しようとしたが、頬がひきつってうまく笑えなかった。

「なんだって急にそんなこと……」

「この休み、自宅に帰って夫とじっくり話しあったんです」

沙雪は眼を伏せたまま、切々と言葉を継いだ。

「女として至らなかったところを反省したいって言ったら、じゃあしばらく専業主婦になってみたらどうかって夫に言われて……」

沙雪の顔色を見て、幸四郎はピンときた。肉体関係を結んだいまだからこそわかる。彼女は大事なことを隠している。

「話しあっただけじゃなくて、抱かれたな?」

低く声を絞って言うと、沙雪は一瞬キッと眼を吊りあげて睨んできたが、すぐにもう一度顔を伏せた。

「……そうです」

眼の下がねっとりと赤く染まっていく。

「夫と一緒にAV観て、コスプレにも付き合って……」

「燃えたのか？」

訊ねた幸四郎の胸も嫉妬で燃えていた。

「……はい」

沙雪は蚊の鳴くような小さな声で、けれどもきっぱりと答えた。

「わたしがセーラー服を着てあげたら、夫がものすごく興奮しちゃって、それに釣られてわたしも……」

「セーラー服、か……」

いかにもキャリアレディ然とした沙雪がセーラー服姿で犯されているところを想像し、幸四郎は勃起してしまった。裸エプロンもかなりの興奮度だったが、セーラー服となるとそれを超える破壊力だろう。

「そういうわけなので、しばらくは夫とのラブラブ生活を愉しもうと思います。支店長には本当にお世話になりました。このご恩は一生忘れません」

沙雪が一礼をして会議室を出ていっても、幸四郎は椅子から立ちあがれなかった。彼女が去ってしまうショックも大きかったが、立ちあがれば股間に張った男のテントが見つかってしまいそうだったからである。

2

幸四郎はジョギングに精を出した。

季節はもう夏に差しかかっていたが、陽が高くなる前の早朝に、緑の多いガンダーラ公園を走る気分は爽快だった。

修行僧のように走ろうと思った。

東京に出てきてからというもの、なんだか煩悩にばかり振りまわされている。

人妻ふたりと立てつづけに関係をもってしまうなんて、いままでの人生からは考えられない幸運だったと言っていい。

しかし、出会いには別れがつきものなのが人生である。

実和が去り、沙雪が去った。

いまは出会えた幸運を嚙みしめられないほど、別れの哀しさが耐えがたい。

すべての諸悪の根源は、東京への同行を拒んだ妻の雅美にあることは間違いなかった。妻さえ一緒に住んでいたら、分不相応な夢に惑わされることもなかったのである。

雅美は友達の会社を手伝うことに忙しいらしく、このところ連絡がなかった。彼女もまた自分の元を去ろうとしているのかと思うと、背筋に悪寒が這いあがっていく。

（吸って、吸って、吐いて、吐いて……）

とにかく走ることだった。

走っていれば、未来への不安からもふしだらな煩悩からも自由になれる。苦しくて、よけいなことを考えていられない。昨今のジョギングブームの原因は、単なる健康志向というより、誰もがそんな忘我の心境を求めているからかもしれないと思った。みんなつらい現実から一時でも眼をそむけたいのだ。

（……おっ！）

向こうから、ひとりの少女が走ってきた。

このところよく見る顔で、年のころ十三、四歳。キャップを目深に被っていても美少女であることを隠しきれない、つぶらな瞳の可愛い女の子だった。白いジョギングウエアから伸びた細い手脚がどこまでも清らかで、青春前期の輝きがまぶしいくらいだ。

最近の幸四郎にとって、彼女は心のアイドルだった。

もちろん、娘ほど歳が離れた中学生と思しき彼女に、よこしまな気持ちを抱いているわけではない。

そうではなく、年若い女の子が一所懸命走っている姿に心を洗われ、自分も一所懸命に走ろうと思うだけだ。

花は遠くから愛でるもの——四十一歳の大厄男には、そういった心境こそが相応しいものではないだろうか。たまさか人妻ふたりと親密な関係を結んでしまったけれど、本来なら肉欲にうつつを抜かしていていい歳ではないのである。

(うーむ、それにしても……)

キャップの美少女とすれ違うたびに眼を惹かれるのは、ただ単に彼女が可愛い容姿の持ち主で、アンタッチャブルな清らかさを放射していることだけにとどまらなかった。

誰かに似ているからだった。

子役かアイドルか、はたまたアスリートの類か、たしかに見覚えのある顔なのだが、どうしても思いだせず、見かけるたびに気になってしかたがなかった。

(誰だったかなあ……こうまで思いだせないと落ちこんできちゃうぜ……いよいよ老

化現象か？）

すれ違ってからも、首をひねって振り返り、彼女の姿を追った。それがいけなかった。次の瞬間、腰に鋭い激痛が走った。

ギックリ腰だ。

声も出せないほどの衝撃に足はとまり、よろよろとコースをはずれて芝生の上にへたりこんだ。四つん這いの状態から微動だにできなくなり、額に脂汗が浮かんでくる。未成年の美少女をしつこく眺めていた天罰か、あるいは最近調子に乗って周回数をあげていたので体に疲れが溜まっていたのか……。

（どうでもいいけど、このままじゃ埒があかんぞ……）

なんとか立ちあがろうと気ばかり焦るが、少しでも体を動かそうとすると、ピキッとばかりに痛みが走る。先ほどのギクッという激痛を体が覚えていて、あれだけはもう嫌だと全身が動くことを拒絶する。

「どうかしましたか？」

そのとき、背中から声をかけられた。女の声だった。幸四郎がうめくばかりで振り返れずにいると、女は前にまわってしゃがみこんだ。若草色のポロシャツに、白いショートスパッツを穿いた同好の士だった。歳のころ、三十五、六だろうか。落ち着きのある淑(しと)やかな雰囲気の美女が、心配そうに顔をのぞきこんできた。

「もしかして、腰を痛めましたか？」

「ううう……」

声を出せない幸四郎がうめきながらうなずくと、

「わたし、整体の心得がありますから、ちょっと見させてもらっていいでしょうか」

女は幸四郎の腰に手をあて、さすってくれた。Tシャツ越しに伝わってくる、柔らかで温かい手のひらの感触が、パニックに陥っていた心と体を鎮(しず)めてくれる。

「脚、伸ばしましょう。腹這いになってください」

下は芝生だったので腹這いになるのは抵抗がなかったが、脚を伸ばすのは勇気が必要だった。

（ピキッとくるっ……ピキッときそうだああーっ！）

脂汗を誘う恐怖に苛(さいな)まれながら、女の介添えでなんとか腹這いになった。そこからはマリオネットのように操られた。整体の心得があるという話は嘘ではないらしく、筋肉を伸ばされるたびに、ピキッとくる恐怖がひとつずつ解除されていき、あお向けになって脚のストレッチをされるころには、自力で動けるまでに回復した。

「ゆっくり立ってみてください」

「はい……」

幸四郎は上体を起こし、時間をかけて立ちあがった。産まれたばかりの子鹿のようにガクガクと脚を震わせる情けない有様だったものの、なんとか歩くことができそうだったので、安堵の溜息をひとつつく。

「今日一日は、無理しないで横になってたほうがいいと思います……」

女は柔和な笑みを浮かべて言った。彼女の顔にも安堵が浮かんでいた。

「あお向けに寝ないで、横向きに。できれば湿布を貼って」

「そ、そうですね……」

幸四郎は苦笑を返した。

「アドバイス、実行させてもらいます。もう無理もできない歳ですから」

「やだ」

女は相好を崩した。

「そんなことをおっしゃる歳には見えませんよ。まだまだ全然若いじゃないですか」

女は笑うと眼尻に少しだけ皺ができたが、その皺が艶になるタイプだった。いい歳のとり方をしている証拠である。

「とにかくありがとうございました」

幸四郎は礼を言った。

「整体の先生なんですか？　マッサージ師とか？」

「すぐ近くで、『花花』っていうリラクゼーションサロンをやってます。沢木智世と申します」

丁寧に頭をさげられ、

「ああ、すみません。申し遅れました。七尾幸四郎と申します」

幸四郎は恐縮した。

「しかし、やっぱりプロの方でしたか。だったらその、治療費というか、そういうのを払わせていただかないと……」

「いいんですよ」

智世と名乗った女は笑っている。

「でも、二、三日したら、一度お店に来ていただけるといいかもしれませんね。ずいぶん疲れが溜まってらっしゃるようだから、きちんとメンテナンスしたほうがいいと思います。ギックリ腰は癖になることもありますから」

「はあ……じゃあそうさせていただきます」

幸四郎は店の詳しい場所を聞き、もう一度礼を言ってから女と別れた。立ちあがることはできたものの、歩きだすとやはり腰に不安が走った。彼女が偶然通りかかってくれなかったらと思うと、冷や汗が出る思いだった。

3

智世のアドバイスに従って丸一日静養し、数日が経つと腰痛はすっかり気にならなくなった。

しかし、ジョギングを再開していいものかどうかわからなかったので、先日のお礼を兼ねて彼女が経営しているというリラクゼーションサロンに足を運んでみることにした。その後の経過を鑑(かんが)みても、彼女の腕は確かなようだから、整体を受けて全身をメンテナンスしてもらえばいい。ジョギング中のギックリ腰はもうこりごりだったし、客になって治療費を払えば礼にもなるだろう。

（マッサージを受けるなら、楽な格好のほうがいいだろうな……）

休みの日の午後、幸四郎はTシャツにジャージパンツ姿で家を出た。

幸四郎は休みでも世間的には平日なので、ガンダーラ公園は学校帰りの小学生たちが奇声をあげて走りまわっていた。早朝はジョガーで賑わい、昼間は子供たちの遊び場で、夜は恋人たちの秘密の場所——まったく、この公園は時間帯によって見せる顔がまるで違って面白い。

そのガンダーラ公園から一本裏道に入ったところにあると教えられた『花花』は、けれどもなかなか見つからなかった。

智世の教え方が悪かったわけでも、幸四郎が勘違いして覚えていたわけでもなく、店のたたずまいが想像からかけ離れていたからだ。

まるで、自由が丘あたりにあるコジャレた輸入雑貨屋のような店構えだった。

幸四郎は「マッサージ」とか「整体」と大きく看板が掲げられているものだとばかり思っていたのに、ガラスの扉に「Relaxation salon hanahana」と欧文で書かれていたので、何度前を通りすぎても気づかなかったのである。

（なんだよ。ずいぶん気取った店なんだな……）

店の前にショップカードが置かれていたので一枚取って眺めてみると、アロマリフレクソロジーだの、フェイシャルトリートメントだの、リンパセラピーだのという聞き慣れない言葉がずらずら並び、最後のほうにいちおうソフト骨盤整体とも書いてあったが、要するにこの店は、医療施設というよりエステティックサロンに近いようだった。中年男にとっては、美容院より敷居の高い場所である。

（まいったなあ……）

智世は気楽な感じで体のメンテナンスに来てくださいなどと言っていたが、Tシャツにジャージパンツで入っていくのは勇気がいりそうだった。施術を受けるのではなくお礼だけですませたいところだが、それにしても、いったん家に帰ってきちんとした格好に着替え、菓子折でも持って出直してきたほうがよさそうである。

踵（きびす）を返そうとすると、カランカランとベルが鳴り、ガラスの扉が開かれた。

いかにも有閑マダムふうの熟女がしゃなりしゃなりと店から出てきて、幸四郎を睨みつけた。ここはあなたのような男が来るところじゃなくてよ、と顔に書いてあった。

たしかにその通りだったので、すごすごと退散しようとすると、

「あら」

有閑マダムを見送りに出てきた智世に、声をかけられた。

「ようやく来ていただけたんですね。お待ちしてたんですよ」

「い、いやあ……」

逃げだそうとしていたバツの悪さに、幸四郎は苦笑して頭をかくしかなかった。

『花花』の店内は外観に輪をかけてオシャレだった。

ロビーにはロココ調のソファが置かれ、ポプリの香りが漂い、ヴァイオリン・コンチェルトが静かに流れている。先ほどの有閑マダムが飲んでいたのだろう、テーブルには、ハーブティーが底に残ったマイセンのティーカップが置かれていた。

「ごめんなさい」

智世はそそくさとカップをさげ、問診票を持ってきた。

「いちおう初診なので、これを書いていただけますか」

柔和な笑顔は初体面の印象そのままだったが、白衣を着ていたので施術師らしい威厳があった。と同時に、有閑マダムを客層とする店主として、エレガントな物腰を感じさせた。

「いや、その……」

幸四郎は問診票を受けとりつつも、困惑を隠しきれなかった。

「このお店、僕みたいな中年男が来てもいいんでしょうか……」

「もちろんですよ」

智世は胸を張ってうなずいた。

「でも、ここはいわゆるエステティックサロンなんじゃ……」

「いいえ、エステサロンではなく、美と健康のためのリラクゼーションサロンです。わたしは美容の原点は健康にあると信じてますから、整体についてもきちんと勉強してますしね。マッサージだけにいらっしゃる男性のお客様だっていらっしゃいますから」

「……そうですか」

幸四郎はうなずきつつも、こんなオシャレな店で体の凝りを揉みほぐしてもらおうという男なんて、かなり例外的な存在なのではないかと思った。保険医療の対象外なので、値段も決して安くないはずだし。

「しかし、立派な店なんで驚いちゃいましたよ。やり手でいらっしゃるんですね」

ロビーを見渡しながら言うと、

「やり手なのは、わたしじゃなくて主人なんです」

智世ははにかんで言った。

「ほう、経営者はご主人ですか」

つまり、彼女は人妻だった。左手の薬指に指輪はしていなかったが、それはエステやマッサージで指を使うからだろう。

「ええ。専門は飲食なんですけどね。都内でレストランを五店舗ほど経営してまして。でも、わたしがリラクゼーションサロンに興味があるって言ったら、技術の習得から開店までサポートしてくれて……いまはまだ始めたばかりなので、ひとりで細々とやってますけど、いずれはスタッフを雇えるくらい繁盛させて、夫の愛に報いないと」

智世はうつむいて照れくさそうに笑った。

「甲斐性のあるご主人ですねえ」

智世のほっこりした笑顔に、幸四郎も心が温かくなった。幸せそうな笑顔は人を幸せにするものだ。この店の常連客もきっと、彼女の笑顔に癒されているに違いない。

問診票を書くと、奥の施術室に通された。

コースはお任せにしたので、まずは足湯からスタートすることになった。ソファに座り、アロマオイルを入れたフットバスに足を沈めた。

「足湯で体を温めたら、全身をマッサージしていきましょう」

智世はタイマーをセットすると、

「それじゃあ、十分間お待ちください。これでもお読みになっていて」

本棚から雑誌を数冊取り、幸四郎に渡して出ていった。

（それにしても……）

幸四郎は部屋を見渡して溜息をついた。その部屋もまた、相当にオシャレだった。

カーテンや絨毯（じゅうたん）は選び抜かれた舶来品らしかったし、柔らかな間接照明が灯る中、チェストやテーブルやソファがセンスよく配置された様子は、施術室というより智世の部屋だった。顔があたる部分に穴が空いたマッサージベッドも置かれていたが、それとは別に天蓋つきの普通のベッドもある。彼女自身が心地よく暮らすために造りあげられた空間に、招待された気分になった。

とはいえ、渡された雑誌はいささかいただけなかった。

すべて女性向けのファッション雑誌ばかりだったからだ。

本棚がすぐ近くにあったので、フットバスに足を浸けたまま立ちあがり、のぞきこんだ。美容関係の本が大半で、あとはやはり、女性が好みそうなガーデニング入門やスイーツのレシピ本などが並んでいる。

中に一冊だけ、書店のカヴァーが掛かった本があった。秘すれば花とも言うけれど、隠されていると見てみたくなるのは、人間の性(さが)である。どうせ似たような本だろうと思いつつも、手に取ってソファに座り直した。

ところが……。

本を開いて仰天した。『四十歳からの回春マッサージ』というタイトルが眼に飛びこんできたからだ。どうやら、女性向けの性技指南書のようだった。精力が衰えはじめた年齢の男に対する、勃起力を回復させる奥義を図解入りで事細かに開陳している。

(な、なんなんだ……)

息がとまり、本を持った手が震えだした。もしかしたらこの店は、有閑マダムにセックステクニックを伝授する特別コースでもあるのか。あるいはこの店にやってくる少数の男性客は、智世の回春マッサージを目当てにしているのか——淫らな妄想がみるみるうちに脳裏を支配し、落ち着かない気分になってしまう。

　ページをめくった。

　フェラチオについて解説されている。

【彼のすべてをあなたの唾液でコーティング】

【男の急所はエラの裏側】

【とにかく念入りに舌を使いましょう】

　そんな露骨な解説文の脇に、身も蓋もないイラストが描かれていた。女がうっとりと眼を潤ませて、愛おしげな表情でペニスを舐めていた。じっと見ているとそのイラストの女の顔が、智世の顔にも見えてくる。

　さらにページをめくった。

【あなたの舌はペニスだけを舐めて満足していませんか？】

【睾丸を舐めましょう。そして吸いましょう】

【回春への道はアヌスへの愛撫を知ることから】

　幸四郎は啞然とした。イラストに書かれた女が、いよいよアヌスまで舐めはじめたからだった。しかも、男をM字開脚にした状態で体を丸める、いわゆるチングり返しの体勢に押さえつけ、尻のすぼまりに舌先を突っこんでいる。

【アヌスはヴァギナよりも繊細な器官。細かい皺を一本一本伸ばすように舐めて】

幸四郎は勃起してしまった。

智世が男の尻の穴を舐めまわしているところを想像すると、痛いくらいに勃起して、先端からじわっと先走り液まで漏らしてしまった。

だが、そのとき——。

部屋の扉がノックされ、

「失礼します」

智世が戻ってきてしまった。

(嘘だろ……)

幸四郎はパニックに陥りそうになった。あわてて本を閉じ、ファッション雑誌の間に隠した。扉の前に衝立(ついたて)があったので、声がしてから姿を見せるまで二、三秒のタイムラグがあった。本はうまく隠すことができたが、それに意識を奪われているあまり、肝心なものを隠すことができなかった。

勃起しきった股間である。

ジャージパンツを穿いていたので、幸四郎の股間は、恥ずかしいほどもっこりと男のテントを張っていた。

「えっ……」

それを見た智世は、柔和な笑みを凍りつかせた。みるみるうちに淑やかな美貌が真っ赤に染まり、眼が吊りあがった。

「いったいなんなんです！」

ヒステリックな金切り声が飛んでくる。

「うちはフーゾクのお店じゃないんですよ！　健全なリラクゼーションサロンです」

「す、すいません……」

幸四郎はひきつった笑みを浮かべて首を傾げた。

「べつに……べつに他意はないんです。いやらしいことを考えていたとかそういうことじゃなくて、意思の及ばない生理現象というか、なんというか……」

「とにかく！」

幸四郎のしどろもどろの言い訳を、智世はぴしゃりと打ちきった。

「そんな状態ではマッサージなんてできませんから。シャワーでも浴びて、頭を冷やしてきてください！」

部屋を出ていくようにドアを指差され、

「は、はい……」

幸四郎は自分で濡れた足をタオルで拭き、すごすごと退場していくしかなかった。

4

（まいったなあ……）

熱いシャワーを浴びながら、幸四郎は深い溜息をついた。

意外な場所で意外な本に出くわし、うっかり読み耽ってしまったせいで、大恥をかいてしまった。

ＮＨＫが朝の番組で膣圧トレーニングをとりあげる時代である。女性向けの性技指南書など珍しくもないし、ということはよく読まれているということだ。ついついよけいな妄想をふくらませてしまったけれど、智世だって大人の女なら性に対する好奇心があって当然である。そもそも他の客が忘れていったものかもしれない。こちらも大人の男なら、見て見ぬフリをして黙って本棚に返しておけばよかったのである。

それにしても気まずかった。

これから全身マッサージを受けると思うと、あまりの憂鬱さに溜息がとまってくれない。いっそこのまま帰ってしまいたいが、そうなると智世は料金を受けとることを固辞するだろうから、すさまじく迷惑な客になってしまう。ギックリ腰の窮地から助けてもらった恩を仇で返すことになる。

（とにかく謝ろう……平謝りに謝るしか、俺にできることはなさそうだ……）

遠い眼をして覚悟を決めると、体を拭いてバスルームを出た。

施術室に入った。

部屋の真ん中で智世が呆然と立ちすくんでいた。淑やかな美貌が紙のように白くなっていた。先ほど憤怒で真っ赤になったところを見ていたのでひときわ蒼白に感じられ、幸四郎は身構えた。よく見ると、彼女の手には書店のカヴァーが掛かった本が持たれていた。

回春マッサージの本である。

「これ、見たんですね？」

智世は打ちのめされたようにがっくりと両肩を落として、本を突きだしてきた。

「これを見たから、興奮しちゃったんですね？」

「い、いや、その……」

幸四郎はうまくとぼけることができず、笑って誤魔化そうとした。つまり、図星を指されたことを、顔に出してしまった。

「やっぱり……」

智世はますますがっくりと肩を落とした。

「おかしいと思ったんです。足湯に浸かりながらあそこを大きくしちゃうなんて……」

「誤解なんてしてないですから！」

幸四郎は努めて明るい声を出した。

「この店でこっそり回春マッサージをしてるとか、そんなことは全然……」

「当たり前じゃないですか！」

智世はわなわなと唇を震わせた。

「わたしはべつに、このお店でフーゾクみたいなサービスをするために、こんな本を読んでたんじゃありません。そうじゃなくて、夫が……」

言ってから、しまったという表情で口を手で押さえた。眼を泳がせ、淑やかな美貌をみるみる紅潮させていった。

（そうだったのか……）

幸四郎はようやく合点がいった。英雄色を好むと言うけれど、逆もまた真なりだ。都内に何店舗もレストランを経営し、妻のためにリラクゼーションサロンまで出店させてしまうやり手の実業家なら、多忙とストレスが原因で精力が減退してもおかしくない。いくら智世のようないい女が同じベッドで添い寝していたとしても、疲労のあまり食指が動かないことだってあるに違いない。

まったく、妻の鑑と言わざるを得なかった。

幸四郎は感動していた。仕事が多忙なせいで夫がセックスに弱くなり、それに妻が不満を抱くというのは、ごくありふれた月並みな話だ。しかし、だからといって尻の穴まで舐めまわす回春マッサージを夫に施そうという妻が、いったいどれだけいるのだろう。夫をチンぐり返しに押さえこみ、すぼまりの皺を一本一本伸ばすように舐める妻が……。

「あのう……」

おずおずと訊ねた。

「それで、効果はいかほどのものだったんでしょうか？」

「はい？」

智世は眉をひそめて首を傾げた。

「だから、その……ご主人は見事復活したんですか？　回春マッサージで」

「わかりません！」

般若のような顔で睨まれた。

「だって、こんな……この本に書いてあるような大胆なこと、できるわけないじゃないですか……わたしはいいですよ。なんだってしてあげたいけど、されるほうだって恥ずかしいだろうし、本当のところの効果だってわからないし……」

怒った顔をしつつも、白衣に包まれた体を恥ずかしそうにもじもじとよじる。

「まだ試したことがないんですね？」

「ええ……」

そむけた横顔に、哀しげな憂いが漂った。

「もしよかったらですけど……」

幸四郎はささやいた。

「僕が実験台になりましょうか？　そうすれば、その本に書いてあったことが、本当かどうかわかりますよ」

「……やだ」

気まずい沈黙が一瞬流れ、
智世は笑った。

「七尾さん、そんな必要ないじゃないですか。回春マッサージなんかしなくても……」

視線が股間に伸びてくる。

「あっ……」

幸四郎はあわてて両手で股間を隠した。智世が羞じらう姿が悩ましすぎて、再び勃起してしまったのだ。ジャージの生地を押しあげて、もっこりと男のテントをつくっていた。

「七尾さんって、年のわりには異常に精力強そうですよね」

智世は笑っている。呆れたように笑っているが、どことなく楽しそうだ。

「そんなことないですよ」

幸四郎も笑うしかなかった。実験台の話は、もちろん冗談のつもりだった。しかし、たとえ冗談でも、瓢箪から駒ということもある。だが、勃起してしまったら、もうダメだった。たしかに彼女の言うとおり、実験台として相応しくない。

「でも……」

智世は笑うのをやめて真顔になった。

「せっかくそうおっしゃっていただいたなら、なってもらおうかしら」

「えっ？」

幸四郎は素っ頓狂な声をあげてしまった。

「まさか、その……回春マッサージの実験台にですか？」

「ええ」

智世は小さく、けれどもきっぱりとうなずいた。

「うちの主人、完全に勃たないわけじゃないんですけど……仕事で精も根も尽き果ててるから、どうしても途中で中折れしちゃうんです……本人もそれですごく悩んでて……なんとかしてあげたいんだけど、失敗したらすごく気まずそうじゃないですか？だからわたしも、なかなか踏ん切りがつかなくて……」

眼の下を赤らめた顔でチラリと見つめられ、幸四郎は息を呑んだ。まさしく瓢箪から駒の展開だった。それとも、彼女もまた、冗談を言ってこちらをからかおうとしているのだろうか。

そんな疑惑を振り払うように、智世は近づいてくると、

「バンザイしてください」

眉根を寄せた悩ましい表情で甘くささやきかけてきた。幸四郎が呆然としながら両手を上にあげると、Tシャツを脱がされた。続いてジャージパンツもおろされる。あっという間にブリーフ一枚の恥ずかしい格好にされてしまう。

「ベッドに寝て……」

天蓋つきのベッドにうながされ、あお向けに横たわった。マッサージベッドは狭いが、こちらはクイーンサイズで、ふたりでベッドにあがってもまだ充分に余裕があった。

智世はあお向けになった幸四郎の脇で横座りになると、

「本当にいいんですか？」

潤んだ瞳でささやきかけてきた。瞳は潤んでいても、真剣な面持ちだった。

「回春マッサージの実験台になってくれるんですね？」

「え、ええ……」

幸四郎はこわばった顔でうなずいた。自分から言いだしたことだったが、よくよく考えてみれば、アヌスを舐められてしまうのだ。チングり返しのような恥ずかしい格好にだって、されてしまうかもしれない。

（大丈夫か、俺……）

もちろん、そんな愛撫をされた経験など、幸四郎にはなかった。智世の真剣な面持ちが、どこか知らない世界へ導かれていくような不安をうながし、身をすくめさせた。

5

「それじゃあ早速……」

智世は覚悟を決めるように大きく息を吐きだすと、右手を幸四郎の胸板に伸ばしてきた。マニキュアの施されていない清潔な爪で、乳首をコチョコチョとくすぐってきた。

「むむっ……い、いきなりなにを……」

首に筋を浮かべて身をよじる幸四郎に、

「くすぐったい？　それとも気持ちいい？」

智世は真剣な面持ちで訊ねてきた。

「そ、それは……それはその……」

幸四郎が言いよどむと、智世は乳首に顔を近づけてねちねちと舐めてきた。チュッと吸いたてては、突起をうながした。

「おおおっ……」

思わず声がもれてしまい、

「気持ちいいみたいね？」

智世が上目遣いに見つめてきた。

「いや、その……気持ちいいです……恥ずかしながら、僕は男のくせに、けっこう乳首が感じるほうなんですよ」

「……よかった」

智世は嚙みしめるようにうなずくと、口許に淫靡な笑みをこぼした。

「男の人で乳首が感じる人は、アヌスも感じるらしいです。七尾さん、回春マッサージの実験台にぴったりですね」

「い、いやあ……」

幸四郎は余裕の笑みを返そうとしたが、顔がこわばりきっていてとても無理だった。乳首が感じる男はアヌスも感じるという説は初めて聞いたが、本当だろうか。

「できればその……チングり返しだけは勘弁していただけると……あれは腰にも悪そうですし……」

「さあ、どうしようかしら」

智世は淫靡な笑みをますます輝かせて、意地悪げにささやく。SMの女王様めいたそんな表情が、ひどく色っぽかった。

「もちろん、腰痛がぶり返すようなことはしませんけど、実験台になりたいって言いだしたのは、七尾さんのほうですからね」

「ま、まいったな……」

苦笑を浮かべた顔をひきつらせるばかりの幸四郎の腰に、智世は両手を伸ばしてきた。ブリーフをめくりおろされ、勃起しきった男根が唸りをあげて反り返った。

「すごーい……」

智世は眼を真ん丸に見開くと、男根を指先でツンツンと突いてきた。

「こんなにカチンカチンにしといて、回春マッサージもないものだわ。太いし硬いし大きいし……」

眉をひそめ、舌打ちせんばかりに吐き捨てたが、幸四郎には彼女の偽悪的な態度が、一種の照れ隠しに感じられた。

（それにしても……）

密室で自分ばかりが全裸にされた状況が、ひどく恥ずかしい。智世は白衣を着たままなのに、こちらは生まれたままの姿で勃起までしているのだ。しかし、その恥ずかしさが妙な興奮を運んできたのも、また事実だった。

智世はワゴンから一本の瓶を取った。ローションのようだった。

（さすがに、フェラや玉吸いはしてくれないのか……）

妄想をふくらませていた幸四郎はいささか落胆したが、智世が瓶の蓋を開け、男根に向けてローションをツツーッと垂らしてくると、蜂蜜のようにねっとりした感触が卑猥すぎて、すぐにそちらに集中力を奪われた。みるみるうちに先端から根元までが妖しい光沢を放ち、陰毛まで濡れまみれた。それでも智世は垂らしつづけ、内腿から玉袋の裏側、アヌスにまでローションが流れこんでくる。

「べ、ベッドが濡れてしまいますよ……」

身をよじりながら言うと、

「大丈夫」

智世は笑ってうなずいた。

「こっちのベッドでオイルマッサージをすることもあるから、特殊なシーツを使っているんです。だから、どんなに濡らしても問題ありません」

ローションの蓋を閉め、幸四郎の両膝に手を置いた。

「さあ、脚を開いて」

「い、いやっ、そのっ……」

幸四郎は恥ずかしくなって顔を歪めたが、膝を割られ、強引に脚を開かれてしまう。

チングり返しではなかったが、正常位で挿入されるときの女のような、M字開脚に押さえこまれてしまう。

「むむむっ……さ、さすがに恥ずかしいですね、これは……」

照れ笑いを浮かべても、智世は表情を変えなかった。むしろ、ひときわクールな眼つきになって、ローションにまみれた男根に手を伸ばしてきた。

「むうっ！」

ヌルリとした感触に息を呑む。しかし、それは一瞬のことだった。智世の両手はすぐに、太腿の付け根を揉みしだきはじめた。愛撫ではなく、鍛え抜かれたプロの指使いでマッサージを施してきた。

「むむっ……むむむっ……」

股関節の凝りがほぐされるのはそれはそれで心地よかったが、ローションにまみれたまま放置されている男根がもどかしい。触れられないことでかえって、ズキズキと熱い脈動を刻みだす。睾丸が股に食いこむくらい迫(せ)りあがってくる。

「おおおっ……」

声をもらしてしまったのは、その睾丸が不意に握られ、揉みしだかれたからだった。

そこもローションにまみれていたから、ヌルヌルした感触がたまらなかった。だがやはり、男根には触ってくれない。

智世はふたつの睾丸をひとしきり揉みしだくと、今度は玉袋の裏筋を爪でなぞってきた。ヌルヌルしたローションと、硬い爪のコンビネーションは絶妙だった。いままで味わったことがない種類の刺激に、全身がこわばっていく。それが蟻の門渡りからアヌスにまで伸びてくると、ビクンッと腰が跳ねあがった。

「すごい感じてるみたいね」

智世が熱っぽくささやいてくる。

「女みたいに体ビクビクさせてるじゃないの」

アヌスを指でいじりながら男根をすりっとこすられ、

「おおおうっ！」

幸四郎は雄叫びをあげた。握りしめられたわけではなく、ごく弱い力で触られただけなのに、身をよじりたくなるほどの快感が訪れた。

「もっと……もっと触ってくれませんか……」

苦悶に顔を歪めて訴えると、

「いいわよ」

智世は満面の笑みでうなずいた。悪魔の笑みだった。

「じゃあ、四つん這いになって」

「えぇっ？」

幸四郎は泣きそうな顔になった。このM字開脚だけでも充分に恥ずかしすぎるのに、四つん這いとは恥の上塗りである。

「どうしたの？　触ってほしいんじゃないの？」

再び、すりっと男根を撫でられ、

「むぐっ……」

幸四郎は顔を真っ赤に燃やして悶絶した。眼も眩むような快楽の前に恥の感覚が失われ、うながされるまま四つん這いになってしまった。

けれども、それで望みの刺激が得られたかというと、そうではなかった。

「やだ、丸見え」

背後にまわりこんだ智世がクスクスと笑う。

「お尻の穴、全部見えてるわよ。しかも、ひくひくしてる」

指先でねちっこくいじりまわしてきた。男根をしごいてほしさに四つん這いになったのに、智世はアヌスを中心に責めはじめたのである。

「ねえ、感じちゃう?」

すぼまりにふうっと吐息を吹きかけ、細かい皺を伸ばしながらささやきかけてきた。

「あの本によれば、回春のポイントはアヌスらしいの。アヌスの快感に目覚めれば、オチ×チンもギンギンになるって書いてあるの。ねえ、どう? お尻の穴をいじられると、オチ×チン硬くなる?」

「むぐっ……ぐぐっ……」

幸四郎はもはや、言葉を返せなかった。側にあった枕を引き寄せ、顔を埋めて抱きしめた。いままで味わったことのない刺激に翻弄され、顔から火が出そうだった。まさか男のアヌスが、これほど感じる器官であったとは夢にも思わなかった。

「ねえ、どうなのよ?」

指とは違う、生温かいものがアヌスに這い、幸四郎はもう少しで悲鳴をあげてしまうところだった。

智世がいよいよ、舐めてきたのだ。舌先をヌプヌプと差しこんできたのだ。そうしつつ、時折男根をすりすりしごきたてられると、息もできないほどの激しい歓喜に全身を揺さぶられ、ぎゅっとつぶった瞼（まぶた）の裏で金と銀の火花が散った。

6

アヌスの奥に舌を差しこまれる刺激は、それ自体に射精まで導くほどの威力はなかった。刺激の強弱ではなく、種類が違った。

いい歳をした中年男が、恥も外聞もかなぐり捨てて四つん這いの身をよじってしまうほどの快感はあったが、それだけでは射精には至れない。もどかしさと悶絶感がミックスされた刺激で、ただ男根をどこまでも硬くする。はちきれんばかりに膨張し、軋（きし）みをあげている。その部分に刺激が欲しくて欲しくて、熱い先走り液を大量に漏らしてしまう。

（ああっ、出したいっ……思いきりぶちまけたいっ……）

枕に顔をうずめて悶える幸四郎は、もはや射精のことだけしか考えられなかった。とにかく出したかった。指先で一分ほどしごいてもらえれば、ごく簡単に、けれども爆発的な放出感が味わえるに違いなかった。

「ねえ、もう射精したいの？　オチ×チン、ビクンビクンしてるわよ」

男根の裏筋をツツーッと撫でられ、

「おおうっ！」

幸四郎は枕に顔を埋めたまま絶叫した。

「出したいっ！　出させてくれっ！　おおおお、お願いだっ……しごいてっ……しごいてくれええっ……」

しかし、智世は、

「なんだか暑くなってきちゃった」

と唐突に愛撫を中断した。

幸四郎はパニックに陥った。射精を求めて泣きだしてしまいそうな自分に恐怖を覚えつつ、枕から顔をあげた。

（うわあっ……）

心臓が停まりそうになった。

智世が白衣を脱いで下着姿になっていたからだ。それも普通の下着ではなかった。

レースも豪華な燃えるようなワインレッドのランジェリーで、ガーターベルトでセパレート式のストッキングを吊っていた。そんな淫らな下着を着けた女を、幸四郎は雑誌のグラビア以外で見たことがなかった。

おまけにスタイルが呆れるほどグラマラスだった。智世は白衣の下に、たまらなく肉感的なボディを隠していた。乳房の豊満さも、腰のくびれ具合も、ヒップや太腿の張りつめ方も、身震いを誘うほど悩殺的だった。

「ふふっ、どうせ射精するなら、抱いてちょうだいよ。どれくらい回春効果があったのか、実地で教えて……」

妖艶な流し眼を向けられ、幸四郎はごくりと生唾を呑みこんだ。次の瞬間、

「せ、先生っ！」

と声をあげて智世にむしゃぶりついた。

「いいんですか？　抱いちゃっていいんですか？」

訊ねつつも押し倒し、ブラジャーの上から乳房を揉みしだく。豊満な乳肉がざらついたレースに包まれ、眼も眩むような卑猥な揉み心地がする。

「んんっ……言ったでしょう？」

智世は眼を細め、ねっとりと潤んだ瞳で見つめてきた。

「うちの主人、回春マッサージが必要なほど疲れきってるのよ。わたし、最近全然抱かれてないの。久しぶりに男の人のこれを見たら、我慢できなくなっちゃったの……」

「むうぅっ！」

男根をしたたかに握りしめられ、幸四郎は息を吞んだ。しかし、もう黙って翻弄されているわけにはいかなかった。お返しとばかりにブラジャーを奪い、生乳を揉みしだいた。お互いに性感帯をまさぐりあいながら、唇を重ねた。呼吸を荒げて口を吸いあい、ネチャネチャと音をたてて舌をからめあった。

（たまらん……たまらんぞ……）

いまのいままで焦らし抜かれていたせいで、欲情が爆発していく実感があった。まるで二十代に戻った気分だった。なるほど、回春マッサージの奥義はただのアナル責めではなく、焦らしにこそあったのかもしれない。

もちろん、そんなことを考えていたのは束の間のことだ。なにしろ欲情の爆発だった。頭を真っ白にして双乳を揉みしだき、乳首に吸いついていく。

「ああっ　いいっ！　してっ……もっとしてっ！」

智世が身悶えながら訴えてくる。

「乱暴にしていいからっ……わたし、そのほうが燃えるからっ……めちゃくちゃにっ……めちゃくちゃにしてちょうだいっ！」

「むうっ！」

幸四郎はうなずいて上体を起こした。智世の顔をまたいで、体を覆い被せた。男性上位のシックスナインだ。一刻も早く射精に向かって走りだしたかったが、まずは智世の欲情にも火をつけてやらねばならない。いささか気恥ずかしいやり方だったが、先ほどまで四つん這いでアヌスを差しだしていた智世が相手なら、抵抗はない。

「あああっ……」

ワインレッドのパンティを片側に寄せて女の花を剝きだしにすると、智世はせつなげにあえいだ。いやらしい花だった。黒々とした繊毛にびっしりと覆われた中央で、肉厚なアーモンドピンクの花が一本筋を浮かべて閉じていた。閉じてはいたが、発情のエキスがしとどにあふれ、ただでさえ卑猥な色艶をひときわ淫らに輝かせていた。

「ああっ、いやっ……見ないでっ……そんなに見ないでっ……」

「先生は僕の尻の穴までまじまじ見てたじゃないですか」

親指と人差し指を割れ目にあてがい、輪ゴムをひろげるようにくつろげると、つやつやと濡れ光る薄桃色の粘膜が姿を現した。薔薇の蕾(つぼみ)のようにびっしりと肉ひだがひしめきあい、涎(よだれ)じみた蜜をしたたらせている。

「むううっ！」

幸四郎は唇を押しつけ、すかさず舌を差しだした。ひしめく肉ひだをねろねろと舐めまわし、舌を差しこんでやる。先ほどのお返しだった。ねちっこく穴をほじっては、あふれた蜜をじゅるじゅると啜ってやる。

「ああああっ……はぁあああっ……」

智世はあえぎつつも、ローションにまみれた男根をしごきたててきた。先ほどまでとは違う、ねっとりした触り方で欲情の炎に油を注ぎこんでくる。そうしつつ、睾丸を吸ってきた。幸四郎は最初、なにをされたのかわからず、ハッと息をとめてクンニリングスを中断した。睾丸を口に含まれ、思いきり吸いたてられると、魂までも吸いだされるような錯覚に陥った。

「むむっ……むむむっ……」

負けじとばかりに、真っ赤な顔で舌を伸ばし、肉の合わせ目に隠れた女の急所を舐め転がしてやる。包皮を剝き、珊瑚色の肉芽を露わにして、ねちねちと責める。

「ぅんぐっ！　ぅんぐぐっ！」

「むううっ！　むうううっ！」

お互いに鼻息を荒げ、激しく身悶えた。寄せては返す波のように、痺れるような快美感がふたりの間を行き来した。噴きだした淫らな汗が肌と肌をヌルヌルとすべらせ、陶酔を誘った。もっとこの愛撫に淫していたかったが、我慢の限界が訪れた。射精に向けて走りだしたくて、辛抱たまらなくなってしまった。

「おおおっ……」

歯を食いしばって智世の口から男根を抜き、体を入れ替えた。

ガーターストッキングもいやらしい両脚をM字に割りひろげ、勃起しきった男根を濡れた花園にあてがった。パンティを片側に寄せた状態だったが、脱がす時間ももどかしいくらい、欲望が尖り、つんのめっている。

「行きますよ」

息を吞んで唸るように言うと、

「ううっ……」

智世も息を呑んでうなずいた。視線と視線がからまりあった。お互いの心臓の音さえ、重なりあいそうだった。

「むうっ！」

じりっと腰を前に送りだし、亀頭を割れ目に埋めこんでいく。智世の中はよく濡れて、たまらなく熱かった。煮えたぎっているようだった。その熱気に引き寄せられるようにして、ずぶずぶと侵入していく。肉と肉とを馴染ませる余裕もないままに、最奥を目指して突き進む。

「はぁあああああーっ！」

ずんっ、と子宮を突きあげると、智世は甲高い悲鳴をあげてのけぞった。次の瞬間、反動で両手を伸ばしてきたので、幸四郎は抱擁に応えた。上体を被せ、肉欲に身悶えるグラマラスなボディをきつく抱きしめた。

「あああっ……ふ、太いっ……大きいっ……」

久しぶりに男根を咥えこんだ智世は唇をわなわなとさせて、うわごとのように言った。まだ動いてもいないのに、息を荒げて身をよじる。

「これは……これはきっと回春マッサージ効果だ……」

幸四郎は智世の耳元でささやいた。

「自分でも驚くくらい……硬くみなぎっているよ……」

嘘ではなかった。はちきれんばかりに野太くなり、濡れた肉ひだの締めつけをものともしない感じは、まるで二十代に戻ったようだった。身の底から男としての自信がわきあがってきた。思うがままに女体を翻弄できる自信が、たしかに股間に宿っていた。

「むううっ……」

ゆっくりと引き抜くと、濡れすぎた蜜壺はくちゅっといやらしい音をたて、それが男根を通じて幸四郎の体の内側に響いてくる。

「あああっ……あああああっ……」

智世があえぐ。幸四郎のイチモツはただ硬くなっているばかりではなく、カリのくびれが凶暴に張りだしていた。引き抜くとそれが濡れた肉ひだを逆撫でにし、たまらない愉悦を女体に与えるようだった。

幸四郎はゆっくり抜いた男根を、再び沈めていった。根元までずっぽりと埋めこんだ。腰をまわしながら、何度かスローな抜き差しを繰り返し、結合の実感を確かめた。

「ああっ、早くっ……早くっ……」

智世の上ずった声に煽られ、腰の動きに熱をこめていく。ずんっ、ずんっ、と突きあげる動きがピストン運動へと変わり、渾身の力でストロークを打ちこむ。肉感的なヒップや太腿を、パンパンッ、パンパンッ、と打ち鳴らす。

「ああっ、いいっ！」

智世は喜悦を噛みしめるようにあえぎ、幸四郎にしがみついてきた。腕の中で反り返っていく女体を、幸四郎は突いた。無我夢中で腰を振りたてた。頭の中が真っ白になり、勃起しきった男根だけが鋼鉄のように硬くなっていく。

「ああっ、響くっ！　奥までっ……奥までビンビン響くのおおおおーっ！」

智世はちぎれんばかりに首を振り、手放しでよがり泣いた。真っ赤に染まった耳が、可愛らしかった。それを舐めまわし、しゃぶりたてながら、幸四郎は怒濤の連打を放った。肉感的な体はバックから突くほうが好みだったが、体位を変える気にはなれなかった。そんなことも考えられないくらい、快楽の海に溺れていた。

たまらなかった。

腰を使いながら密着度をあげるために太腿を引き寄せれば、ガーターストッキングのざらついた感触が新たな興奮を掻きたててくる。ひいひいとあえぐ智世が、背中に爪を立てて掻き毟っているが、その痛みすらも快感に思える。

「もうっ……もうダメだっ……」

幸四郎は抱擁に力をこめた。グラマラスなボディをきつく抱きしめ、お互いの体をこれ以上密着できないところまで密着させていく。

「もう出るっ……出ちまいそうだっ……」

「ああっ、きてえっ……きてええええっ……」

智世は背中を弓なりに反り返らせた。性器と性器がもっとも深く結合できる角度を見つけ、ぐりぐりと股間を押しつけてくる。

「わたしもイキそうっ……イッ、イッちゃいそうっ……」

「むううっ！」

幸四郎は鬼の形相で腰を振りたてた。回春マッサージ効果で硬くなった男根が、不意に長さまで増した気がした。コリコリした子宮を楽に亀頭で叩けた。いつもより長いストロークのスパンで、ずぶずぶっ、ぐちゅぐちゅっ、と怒濤のストロークを送りこんでいく。

「ああっ、イクッ……わたしっ……先にっ……イ、イクッ……」

智世は腰も背中も限界まで反らせて豊満な乳房を押しつけてくると、次の瞬間、はじかれたように腰を跳ねさせた。ビクンッ、ビクンッ、と体中を痙攣させて、恍惚への階段を一足飛びに駆けあがっていった。

「イッ、イクッ……イッちゃうっ……はぁおおおおおおーっ！」

獣じみた悲鳴をあげ、五体の肉という肉を躍動させる。その女体を抱きしめている幸四郎にも、歓喜が伝わってきた。肉の悦びを謳歌する女体の抱き心地が、射精へのひきがねとなった。

「おうおうっ……出るぞっ……こっちも出るぞっ……おおおうううっ！」

M字開脚の中心をえぐるように、ずんっと突きあげた。鋼鉄のように硬くなった男根がぶるるっと震え、煮えたぎる欲望のエキスがすさまじい勢いで噴射した。

「おおおっ！　おおおおっ！」

声を出さずにはいられないほどの衝撃的な快美感が、男根の芯を痺れさせた。それが体の芯まで響いてきたかと思うと、脳天までが熱くなった。射精の発作が起こるたびに、激しく身をよじった。出しても出しても、畳みかけるような勢いで射精の衝動がこみあげてくる。

男の精を吐きだしながら、幸四郎はどういうわけか、尻の穴を意識していた。そこを這いまわり、差しこまれてきた智世の舌の感触を、生々しく思いだしていた。

いつもに倍する快感の原因は、それ以外には考えられなかった。

尻の穴にヌプヌプと差しこまれてきた舌の感触を思いだすほどに、射精はいつまでもいつまでも長々と続き、最後の一滴を漏らし終えると、精も根も尽き果ててそのまま意識を失ってしまった。

第五章　汗ばむ再会

1

「……ふうっ」

幸四郎はヘルスメーターから降りて息をついた。

ジョギングを日課にしてからというもの、シャワーで汗を流したあとに体重を量ることが楽しみになった。ダイエットはずいぶんと進み、三カ月で七キロが減り、メタボ体型からは脱却しつつある。鏡に裸身を映してみれば、贔屓目(ひいきめ)ではなくて体が引き締まって見える。

とはいえ、心はいまいち躍らない。トホホな気分だけが胸を支配し、気がつけば溜息まじりの苦笑をもらしている。

智世のせいだった。

回春マッサージとそれに続いた熱い情事は、掛け値なしに素晴らしかった。射精を終えた瞬間に意識を失ってしまったことなど久しぶりで、まさに肉の悦びを謳歌したひとときを過ごすことができたと言っていいだろう。

眠りから覚めると、智世は白衣を着けてソファに腰かけ、優雅にティーカップを傾けていた。

「ハーブティー、飲みますか？」

すっかり落ち着きを取り戻した柔和な笑みを向けられ、

「ええ……」

幸四郎はあわてて服を着けなければならなかった。かなり戸惑った。それほど長く眠っていたわけではなさそうなのに、先ほどまでふたりで共有していた熱狂は跡形もなくどこかに消え去っていた。

「ギックリ腰、すっかりよくなったみたいですね？」

智世がハーブティーを淹れながらクスクスと笑い、

「あっ、いや……」

幸四郎は苦りきった顔で頭をかいた。たしかにその通りだった。いま言われて初めて気づいたが、腰を痛めていたことなど完全に忘却の彼方だった。それほどの欲情に駆られていた。痛める前よりむしろハッスルしていたと言っても過言ではないのだから、苦笑でももらすしかなかった。

「先生のおかげですよ」

服を着けおえた幸四郎は、智世に近づいていった。

「先生が素敵だったから、僕もつい……」

耳元で甘くささやきかけると、

「本当は危険なんですよ。興奮しすぎて頑張りすぎちゃうのは」

智世は幸四郎の甘いささやきを振り払うように素っ気なく言った。

「それで救急車で運ばれる人だっているんですから」

「ハハッ、どうしたんですか、いったい」

幸四郎は苦笑して頭を振った。

「さっきまではふたりであんなに盛りあがってたのに、急に冷たくなっちゃって。僕たち、もう他人じゃないでしょう？」

今度は甘いささやきだけではなく、腰を抱いた。またいつでも回春マッサージの実験台になるし、ついでにベッドで盛りあがりましょうというニュアンスで見つめると、
智世はにわかに表情を曇らせ、眼をそむけた。唇を嚙みしめてしばし逡巡してから、

「ごめんなさい！」

突然、深々と頭をさげた。

「な、なんですかいったい……」

幸四郎は仰天して眼を丸くした。

「黙ってようと思ったんですけど、やっぱりダメ。本当のことを言います……」

智世はせつなげに眉根を寄せて言うと、書店のカヴァーがされた本を手にした。回春マッサージの本だった。

「これ、わたしが仕掛けた罠だったんです」

「……罠？」

「七尾さんがこの本を読むように仕向ければ、マッサージの実験台になってくれるって言ってくれそうな気がして……」

幸四郎はにわかに言葉を返せなかった。実際、智世の思惑どおりに、幸四郎は実験台になることを申し出たからだ。

「夫が仕事で疲れて精力減退気味っていう話は嘘じゃないんです。夫に回春マッサージをする前に、誰かに試したかったたっていうのも本当です。でもうちの店、男の人のお客さんは極端に少ないし、いても昔からの知り合いばっかりで、そんな人を実験台にするわけにはいかないから……」

「僕を罠に嵌めたんですね？」

咎めるように言ってしまったが、幸四郎はべつに怒っていなかった。罠であろうがなかろうが、おいしい思いをさせてもらったことは事実だからだ。そしてできれば、今後ともおいしい思いをさせてほしい。

「ごめんなさい！」

智世はもう一度深く頭をさげた。

「でもまさか、最後までするつもりじゃなかったんです。マッサージの実験がしたかっただけですから、マッサージの延長で射精してもらうつもりだったんです。でも……でも、わたしも欲求不満が溜まってたから、つい……夫を裏切ってしまった罪悪感で、いまは胸が張り裂けそうなんです」

「本当ですか？」

幸四郎は意地悪げに智世の顔をのぞきこんだ。

「つい、とか言ってますけど、本当は最初からセックスまでするつもりだったんでしょう？　じゃなきゃ、あんなエッチな下着着けてるわけありませんよ」

「そ、それは……」

智世は顔をそむけて頬をひきつらせた。図星を指したことは間違いなさそうだった。しかし、欲求不満を晴らしたことで、夫にたいする激しい罪悪感を覚えていることもまた、嘘ではないようだった。

つまり、おいしい思いは二度となし、ということである。

「正直に言えば……」

智世が震える声で言葉を継ぐ。

「七尾さんとのセックスが思った以上に気持ちよかったから、わたし怖くなってしまって……本当にごめんなさい。そういう事情ですから、もう二度と会えません。お店にも来ないでください」

智世がいまにも泣きだしそうな顔になったので、幸四郎は焦った。

「いやいや……そんなに気にしないでも大丈夫ですから。アハハッ、まさか僕だって、こんなにおいしい思いを、二度も三度も味わわせてほしいなんて、そこまで図々しくはないですって。今日のことは、お互いすっぱり忘れましょう」

そう言って『花花』をあとにしたものの、激しい脱力感に襲われて、最初の角を曲がると路上にしゃがみこんでしまった。女を激しい絶頂に導くことはいつだって男に自信を与えるものだが、にもかかわらず女に逃げられてしまうと、男はこの世の終わりが来たような脱力感に襲われるものなのである。

2

とはいえ、数日も経つと不思議なくらい元気が出て、智世のことはきっぱりと忘れることができた。

まさか回春マッサージが心まで若返らせてくれたわけでもあるまいが、自分でも驚いてしまうほどポジティブな気分になった。

考えてみれば、東京で独り暮らしを始めて三カ月で、三人の女と肉体関係を結んだことになる。北関東の田舎にいたときには想像もできなかったアヴェレージであるが、奇跡が起こったというには、ひどく生々しい出来事ばかりだった。

そう、これは決して奇跡なんかではない。

単純な話、都会には人が多いので、出会いも多いのである。

それも、人口が多いだけでなく、さまざまなタイプの人間が生息しているから、出会いにヴァリエーションがある。

田舎では浮気といえば水商売の女を相手にするか、あとは出会い系サイトにでもアクセスするくらいが関の山だし、うっかり知り合いに手を出してしまったら最後、周囲にバレて大問題に発展するケースが少なくない。

だが、都会は違う。

欲望をもてあました男女が、刺激を求めて日夜うごめいている。

田舎にいたときは妻に離縁され、淋しい独身生活に戻るのが怖くてしかたがなかった。田舎で四十一歳といえば、恋愛シーンから遠くかけ離れた存在だからだ。

しかし、都会ではそうではない。なにしろ、こんな自分でも三カ月で三人の女と寝ることができたのである。まだまだ捨てたものではないと思ってしまっても、単なる自惚れだとは言いきれないはずだ。

　これなら妻に離縁されても、再婚相手を見つけることもそれほど難しくないかもしれない、と思った。あるいは、しばらく再婚などせずに、独身生活を謳歌するという方法だってあるだろう。

　欲望をもてあました人妻たちと割りきった肉体関係を結び、恍惚だけを分かちあって、面倒な結婚生活を遠ざけるという道だって、この都会なら不可能ではない。

　そう思うと、なおさら毎朝のジョギングに熱がこもった。

　都会で問われるのは実年齢ではなく、見た目がいくつに見えるかである。疲れきった二十代より、元気いっぱいの四十一歳のほうがモテるに違いないのである。ジョギングを続けて体を若返らせていけば、いままで以上の相手とベッドインできるチャンスだって、訪れないとは言えないだろう。

(吸って、吸って、吐いて、吐いて……)

　もはやそれほど意識せずとも呼吸は軽快で、走る距離も七周か八周、調子がよければ十周することもあった。三周ばかりしてへとへとになっていた初期のころに比べると、走るペースも段違いにあがり、常連ジョガーとデッドヒートを繰りひろげることも珍しいことではなくなった。

そんなある日のことである。

いつものようにガンダーラ公園を走っていた幸四郎は、衝撃的な光景に出くわした。ギックリ腰の原因になった中学生の美少女が、衝撃の発端だった。見かけるだけなら毎日のように見かけていたが、その日はジョギングコースではなく、広場でクラウチングスタートの練習をしていた。

彼女は短距離走のランナーだったのだ。

そのことが衝撃だったわけではない。地面に両手をつき、尻をもちあげて走りだすその姿が、遠い記憶を蘇らせたのである。

(そうか……そうだったのか……)

彼女が誰に似ていたのか、ようやく思いだした。芸能人でもアスリートでもなかった。中学時代に憧れていた、クラスメイトの女の子に似ていたのである。

名前を川上佳乃(かわかみよしの)という。

端整な顔立ちをしていたが、おとなしくて目立たない少女だった。

けれども年に一回、運動会のときだけはヒロインだった。彼女のために運動会があると言ってもいいくらい、足が速かった。どういうわけか運動部に所属していなかったので、彼女が走る姿を拝めるのは運動会のときだけだったが、カモシカのように長い脚を高速回転させて、体育会系の猛者たちを次々とぶっちぎっていく姿に、うっとりと見とれたものだ。とくに中三のときのリレーで最下位から全員をごぼう抜きにしたレースは語り草であり、いまでも瞼の裏に焼きついている。

幸四郎は彼女に淡い恋心を抱いていた。

なにしろおとなしい性格で、口数も極端に少なかったから、仲良くおしゃべりをした記憶はないが、それでもずっと憧れていた。

卒業して以来一度も会っていないし、彼女は友達が少なかったので、風の噂さえ耳にしたことがない。だから、四半世紀以上が経過した時間の底に、記憶が埋没していたらしい。

彼女はいまごろどうしているだろうか？

この東京の空の下で元気にやっているのだろうか？

クラウチングスタートの練習に励む美少女を眺めながら、ぼんやりとそんなことを考えていると、衝撃の第二波が襲いかかってきた。

赤いTシャツを着た四十代の女が、美少女に近づいていき、親しげに話を始めたのだ。ただの知り合いという雰囲気ではなく、どう見ても母と娘だった。

そして、その赤いTシャツの女こそ他でもない、幸四郎をガンダーラ公園でのジョギングに導いた女だったのである。

（すごいな。こんな偶然ってあるんだな……）

東京へ転勤してきたばかりのころ、幸四郎は単身赴任にふて腐れて酒ばかり呑んでおり、朝帰りでよろよろとガンダーラ公園を歩いているときに出くわしたのが、彼女だった。悩殺的なダイナマイトボディと、息継ぎにあえぐいやらしい表情に、一瞬にして虜にされた。彼女のような女が毎朝この公園を走っているなら、自分も走ってみようと思った。毎朝、彼女を眺める眼福にあずかりたかった。

まったく、とんでもなくよこしまな思いで走りはじめたわけであるが、その後、姿を見かけることはなく、幸四郎はジョギングそのものの魅力に取り憑かれていった。そんな彼女と、まさかこんな形で再会することになるとは夢にも思っていなかった。

だが、母娘らしきふたりを見ているうちに、ハッとした。あることに気づいて、背筋に戦慄が這いあがっていった。

（おいおい、ちょっと待てよ……）

母娘とすぐにわかったくらいなので、ふたりは似ていた。とくに整った眼鼻立ちなどには遺伝子の存在をひしひしと感じたが、あくまで十代半ばと四十代の話なので、トレースしたようにそっくりなわけではない。

だが、記憶にある川上佳乃と美少女はそっくりだった。瓜ふたつと言ってもよかった。それを念頭に置いて赤いTシャツの母を眺めてみれば、中学時代の憧れの君との間に横たわった、四半世紀の歳月が溶解していった。中学生の女の子が熟女に成長していく過程が、さながらコマ送りの映像のように脳裏を流れていく。

（まさか……）

そう思いつつ、母娘のほうにふらふらと足が進んでしまう。幽霊でも見たような顔で自分たちに近づいてくる中年男の存在に気づき、母と娘は怪訝（けげん）そうに眉をひそめて眼を見合わせた。

「すいません……」

幸四郎は精いっぱい紳士的に声をかけた。

「間違っていたら申し訳ありませんが、もしかして川上佳乃さんじゃないですか？」

母と娘はもう一度眼を見合わせた。

「はい……」

赤いＴシャツの女は小さく、だがしっかりとうなずいた。

「そうですけど、どちら様でしょうか？」

幸四郎は自分でも驚くくらい胸がいっぱいになり、しばらくの間、名前を名乗ることができなかった。

3

「えっ？　まさかホントにあの七尾くん？」

幸四郎が名前を名乗り、出身中学の話をすると、佳乃は眼を真ん丸に見開いた。

「ああ、そうとも。こっちこそまさかと思ったけど、娘さんが昔のあなたにそっくりだったから、もしかしてと思ってさ……」

中学時代には、さして仲良く話したことがないふたりだった。性差を意識しはじめる思春期には、クラスメイトといえども男女の友情は成立しづらい。

しかしもう、お互いに四十路を過ぎたいい大人だった。おとなしく目立たない印象だった佳乃も四半世紀ぶりの再会を笑って喜べるようになっており、話し方も明るかった。幸四郎もまた、そうだった。当時は彼女に限らず、クラスの女子に話しかけるときは例外なく緊張していたものの、いまは自然に会話ができた。

「娘さんがスタートの練習してる姿を見て、あなたのことを思いだしたんだ。足、速かったもんねえ。運動会のときはいつも目立って」

「昔の話よ」

佳乃は苦笑した。

「いまなんて、ダイエットのために走っては挫折、走っては挫折。娘がリレーの選手に選ばれたから、一緒に走ろうって約束したのに、サボッてばっかり」

ダイエット？　と幸四郎は思わず眉をひそめてしまいそうになった。

なるほど、中学時代の彼女はカモシカのような脚をしていたし、全体的に細かった。いまは全体的に脂が乗っている。乳房も尻も丸々と熟れて、黒いスパッツに包まれた太腿の量感など眼を見張るほどだ。しかしそれは、成熟と呼んでいい、誇るべき肉づきであって、ダイエットで萎ませてしまう必要などまったくない。

とはいえ、そういったデリケートな話題を避ける大人の知恵を、幸四郎はすでにもっていた。「ダイエットなんかすることないよ。少しぽっちゃりしたスタイルのほうが男は好きなんだから」と酒席で女に言い放ち、激怒された経験が何度もあったからだ。

「リレーの選手っていうのは、運動会の？」

よけいなことを言うかわりに、娘さんに話を振った。麻里香という名前の彼女は、母親と元クラスメイトの再会劇を、興味深そうにうかがっていた。

「はい。夏休みが明けたらすぐに運動会なので、休みの間に特訓して、みんなをあっと驚かせてやりたいんです」

「へええ」

幸四郎は佳乃と麻里香を交互に見た。

「キミのお母さんは、中学時代にものすごく足が速かったんだ。運動会ではいつもヒロインでね。その遺伝子を引き継いでるなら、きっと大丈夫だよ」

「本当ですか？」

麻里香はこまっしゃくれた上目遣いで言った。

「ママが運動会のヒロインなんて信じられない。うちじゃいっつもゴロゴロしてて、なにをするにも超ノロマで」

「やだ、もう！　この子ったら」

佳乃は真っ赤になって娘を睨んだ。可愛かった。幸四郎は胸のときめきを抑えきれず、まぶしげに眼を細めて佳乃を見つめた。


その日から、早朝のガンダーラ公園で母娘とよく会うようになった。

朝から暑い日が続いていたので、佳乃はジョギングを始めてもすぐにへばって、ベンチで休憩ばかりしていた。暑さに負けず黙々と走る娘の応援にまわった。

必然的に、幸四郎もベンチで休憩が多くなった。

かつての憧れであり、大人になって魅惑を増した佳乃とおしゃべりができるなら、好きなジョギングも脇に置かざるを得なかった。

話題はいくらでもあった。

思春期の記憶は大人になっても鮮明なもので、いいことも悪いことも、よく覚えているものだ。さして仲良くなかったクラスメイトでも、先生や同級生や行事の思い出や、共有していることが思った以上に多かった。

近況も報告しあった。

佳乃は十年ほど前からこの近所のアパートで暮らしており、派遣社員で事務関係の仕事をしているらしい。

「ご主人は？」

どんな仕事をしているのか、という意味で幸四郎は訊ねたのだが、

「シングルマザーなの」

佳乃はあっけらかんと答えた。

「あっ、ごめん……」

訊ねた幸四郎のほうがむしろ、しどろもどろになってしまった。

「離婚してたのか。いろいろあるよな、人生は……」

「ううん、最初からシングルマザー。わたし、子供はいるけど、結婚はまだ一度もしたことがないの」

佳乃に悪戯（いたずら）っぽく笑いかけられ、幸四郎の困惑は深まるばかりだった。運動会以外ではまったく目立たず、いつも教室の片隅でうつむいていた彼女が、そんな複雑な半生を歩んでいたとは、まさに人生いろいろである。

「七尾くんは？　結婚してるんでしょう？」

佳乃が逆に訊ねてきたので、

「ああ……」

幸四郎は表情を曇らせた。ドクンッ、ドクンッ、と心臓が高鳴った。

「実は俺も……俺もっていうか、最近離婚してさ……」

「えっ……」

「子供もいないから、いい歳して独り暮らしなんだ。情けない話」

「そうだったの。ごめんなさい……」

「いや、いいんだ……」

暗い顔でうつむきながらも、心臓が激しく早鐘を打っていた。どうしてそんな嘘をついてしまったのか、わからない。少なくとも、深く考えてのことではなかった。佳乃が未婚であることを知り、咄嗟に口をついてしまったのだ。

しかし、まるっきりの嘘かといえば、そうではなかった。最近、妻の雅美は連絡を入れてくるたびに、地元での就職を訴えてくる。もはや夫のあとを追って東京に来るつもりなど毛頭ないのはあきらかで、こちらが同居を強く求めれば、離婚を切りだしてくることは眼に見えていた。

つまり、離婚しているのも同然なのである。かつては愛もあり、いまでも情が残った女だが、とにかく地元から動きたがらないのだから、そろそろ結論を出すべき時期に差しかかっていた。幸四郎に会社を辞める気がなく、雅美が東京で同居する気がないなら、結論はもう、離婚しかない。

「なんだか残念な感じね、わたしたち」

佳乃が淋しげな横顔で笑った。

「二十何年かぶりに再会したっていうのに、お互いパッとしない感じで」

「そうかい？」

幸四郎は努めて明るく言った。

「たしかにパートナーには恵まれなかったふたりだけど、俺たちまだ四十一だぜ。人生これからじゃないか。これからだって、ひと花もふた花も咲かせられるさ」

「……そうかしら」

「そうだよ」

幸四郎のカラ元気に釣られ、佳乃も笑った。

(明るいフリをしてても、やっぱり本音では淋しいんだろうな……)

不意に淋しげな横顔を見せられたことで、幸四郎の胸は熱くなった。いまの佳乃の横顔は、かつて教室の片隅で見せていた横顔と同じだった。運動会以外ではおとなしくて目立たない、淋しげな少女……。

やせっぽちの中学生からグラマーな熟女に見た目は変わっても、きっと本質的なところはなにも変わっていないのだろう。

それは幸四郎も同じだった。その証拠に、昔もいまも同じ言葉が胸をよぎった。

守ってあげたい、と思った。


「おはよう」

家から出て走りはじめると、ジョギング中だった麻里香とちょうど顔を合わせた。

「あつ、おはようございます」

「今日はひとりかい？」

肩を並べて走りはじめる。

「ママ、昨夜遅かったからまだ寝てます」

「……そう」

「おかげで心おきなく走れますね」

麻里香がクスクスと笑った。

「ママがいるとベンチでおしゃべりばっかりして、全然走れませんもんね」

「いやあ……」

幸四郎は苦笑した。実際そうだったので言い訳もできない。清らかな美少女の眼に、自分がどう映っているのかを想像すると、胸が痛んだ。ママに近づく害虫、だろう。

「この年になると、昔の友達がひどく懐かしくなるものなのさ。俺は東京出身だけど、しばらく地方にいたから、地元の人間と連絡も途絶えててね」

言い訳がましく言葉を継ぐと、

「おじさん、中学生のとき、ママと付き合ってたんですか？」

麻里香は涼しい顔で訊ねてきた。

「ば、馬鹿言え……」

幸四郎は焦った。最近の中学生はずいぶんとマセたことを平気で言うものだ。

「ロクにしゃべったこともなかったさ」

「ママのこと好きじゃなかったの？」

「だから単なるクラスメイトのひとりだって」

「ママは好きだったみたいですよ」

「大人をからかうんじゃない」

「本当ですってば」

麻里香は走りながら身を寄せてきた。

「だっておかしいと思いません？　ちょっと前までなかなか朝起きれなくて、ジョギングに付き合ってくれるのは休みの日のお昼だったのに、最近じゃ毎日のように来るじゃないですか。おじさんに会いに来てるんですよ」

「昔話がしたいだけだろ」

「わかってないなあ。本当は今日だって朝一回起きたんですよ。でも、昨夜会社の歓送迎会でお酒呑んじゃったから、顔がむくんでて来られなかったんです。女心ですよ、女心。好きな人にむくんでる顔見られたくないっていう」

「……そうなのか？」

思わず話に食いついてしまいそうになり、幸四郎はあわてて咳払いをした。

不思議な気分だった。姿形は中学生時代の佳乃にそっくりなのに、おとなしかった元同級生とは違い、麻里香はまるで小悪魔である。

「しかし、あれだよ、ママだってモテるだろう？　あんなに綺麗なんだから」

「モテないですよぉ」

麻里香は酸っぱい顔をつくって笑った。

「見た目はともかく、性格があぁも引っ込みじあんじゃねえ。言い寄ってくる人がいても、自然消滅ばっかり」

「……ふうん」

「だから、わたし、おじさんには期待してますから」

「な、なにを……」

「おじさん、最近、離婚したんでしょう？」

「……ああ」

「ママ、嬉しそうにわたしに言ってきましたよ。『ねえねえ、麻里香。七尾さんって離婚して独身なんだって』って、眼、キラキラさせて。あれは恋する女の眼でしたね」

うりうりと肘でつつかれ、幸四郎の顔はひきつった。

「キミはその……なんていうか、少しマセすぎだぞ」

「子供扱いしないでください。正直言って、わたし、心配なんですよ。このままママが独身を通したら、わたし、結婚しづらいじゃないですか。わたしのためにも、ママにはさっさと幸せになってもらいたいんです」

「ちょ、ちょっと、ごめん……」

幸四郎は脇腹を押さえて苦笑した。

「若者のペースで走ってたら、つらくなってきた。先行ってくれ」

「はーい。ママのことお願いしましたからね……」

罪のない笑顔を浮かべて走り去っていく麻里香を、幸四郎は息を荒げながら見送った。本当はまだ走れないほどバテてはいなかったが、これ以上彼女の話を聞いていると、よけいな期待をもってしまいそうで怖くなってきたのだった。

4

麻里香は大人をからかっていたわけではなかった。

本気だったのだ。

母親と幸四郎の仲を、本気でとりもとうとしていたのである。

幸四郎が佳乃と再会してひと月ほどが経過した、夏休みの最後の週のことだった。

佳乃と麻里香の母娘が幸四郎の自宅にやってきて、夕食の席を囲んだ。

「ねえ、おじさん独り暮らしなんでしょ？　ママにご飯つくってもらえばいいじゃない」

と麻里香が焚きつけたのだ。

一カ月にもわたって毎朝のように顔を合わせていたので、三人の間にはそれなりに親密なムードができており、麻里香の台詞は不自然ではなかったが、言葉の裏に策略を感じずにはいられなかった。

なにしろ、家にやってきたらやってきたで、

「わあ、素敵なお家。やっぱり一軒家っていいわね、狭いアパートより。こんな広いお家にひとりで住んでて淋しくないですか？」

などと言い、食事が始まれば、

「ママの料理はお口に合いますか？　わたし、賑やかな食事って憧れだったから、いつもこんなふうにごはんが食べたいな」

という具合に、きわどい台詞を連発しては、意味ありげな眼つきで幸四郎と佳乃を交互に見た。佳乃の手料理を食べることを楽しみにしていた幸四郎だったが、おかげでなにを食べてもさっぱり味がわからなかった。

挙げ句の果てには、

「あっ、友達からの呼び出しメールだ。わたしは先に帰るけど、ママはゆっくりしていって。おじさん、ママをよろしくね」

と食事を終えると早々に席を立ってどこかに消えていった。おそらく、呼び出しのメールは自作自演だろう。

突然ふたりきりになった照れくささに、幸四郎と佳乃は苦笑した。

「すみません、困った子で……」

佳乃は顔の汗をしきりにハンカチで拭いながら言った。

「どういうわけか、とってもマセた子に育ってしまって……よけいなことばっかり……」

幸四郎のことも焚きつけてきたくらいだから、母親のことも焚きつけたに違いなく、佳乃は困惑しきっていた。

たしかに、麻里香はマセた子供だった。親の恋路に首を突っこむ中学生を、褒めてやることはできない。

しかし……と幸四郎は思った。彼女の言葉には嘘がないような気がした。表面的には昔よりずっと明るくなった佳乃ではあるが、本質的な部分は教室の片隅でポツンとしていた中学生のころと変わらないのだ。引っ込みじあんで恋の花を育てることができず、生涯独身でもかまわないと考えているように見える。もちろん、そこにはひとり娘の存在もあるのだろうが、他ならぬ麻里香が母親の結婚を望んでいるのである。

（これはチャンスだ……腹を括って彼女の真意を探るんだ……）

幸四郎は意を決し、

「あのう……」

いままで聞きたくても我慢していたことを訊ねてみた。

「麻里香ちゃんのお父さんというのは、どういう方なんでしょう？　もしよかったら話してもらえませんか」

「はあ……」

佳乃は哀しげに溜息をついた。いつか訊ねられると覚悟していたのだろう。笑っているのに泣いているような顔で、切々と言葉を継いだ。

「わたし、馬鹿な女なんです。若気の至り、じゃすみませんね。結婚している人を好きになってしまって、どうしてもその人の子を欲しくなって……妊娠してることがわかったら、なにも言わずにその人の前からいなくなったんです」

「じゃあ、産むときもひとりで？」

佳乃はうなずいた。

「実家にも頼れなかったから、本当にひとりでした。でも、産んでおいてよかったと思います。その人、わたしが会わなくなったあと、不幸な交通事故で亡くなってしまって……」

「じゃあ、麻里香ちゃんはお父さんとは……」

「一度も会ったことがないです。会いようがなかったんですよ。父親が亡くなったとき、あの子はまだ一歳でしたから」

「……大変だ」

幸四郎はそれ以上、言葉をかけることができなかった。想像していたよりずっと複雑な過去に、眼が眩む思いだった。

「そんなに深刻な顔をしてないでください」

佳乃は笑った。

「もう昔の話だし、あの子が赤ん坊のときは、それはもう苦労ばかりしてましたけど、最近はあの子がいてくれてよかったって心の底から思います。わたし、社交性がなくてホントに友達が少ないから、あの子がいちばんの親友って思ってるんです」

「でも……」

幸四郎は息を呑んで佳乃を見つめた。

「その親友の麻里香ちゃんも、いずれは巣立っていきますよね。そう遠い話じゃない。四、五年も経てば立派な大人だから、恋人もできるだろうし、彼についてどこか違う土地に行きたいと言いだすかもしれない。そうなったら……」

「言わないでください」

佳乃はうつむいて頭を振った。

「いまはまだ、考えたくないんです」

「いーや、言わせてもらいます。そうなったら、あなたはひとりですよ。友達もいないのに、淋しいことになりますよ」

「ううう……」

佳乃は両手で顔を覆い、嗚咽をもらした。幸四郎は焦らなかった。麻里香の父親について訊ねたときから、覚悟はできていた。

立ちあがって、テーブルに相対している佳乃のほうにまわった。佳乃は紺色のワンピースを着けていた。麻だろうか、夏服用の薄い生地に包まれた肩が小刻みに震えている。公園で会うときはいつも纏(まと)めてあるセミロングの髪を、今日はおろしているので、女らしさが匂ってくる。

幸四郎が震えている双肩に両手を添えると、佳乃はビクンッとした。

「僕と結婚してくれませんか。残りの人生、僕にください」

「でも……」

佳乃が振り返る。

「なにも心配する必要はありません。僕は中学のときから、あなたのことが好きでしたから。それに、前の公園で走るようになったのだって、実は赤いTシャツを着て走ってるあなたを見たからなんです。そのときは、元クラスメイトの川上佳乃だって気づきませんでした。でも、こんなに一所懸命走っている人がいるなら、俺も頑張ってみようって……」

「そんなことが……」

佳乃は驚愕に眼を見開いた。

「わたし、ひとりで走ってましたか？　麻里香と一緒じゃなく」

「ええ、早朝でした。四月の終わりだったかな」

「やだ……」

佳乃は恥ずかしそうにうつむいた。

「じゃあきっと、ダイエットしようって必死になって走ってるときね。三日坊主どころか一日しか続かなかったけど……」

「ダイエットなんてナンセンスですよ！」

幸四郎はつい声に力をこめてしまった。

「僕はいまのあなたと結婚したいんだから、痩せる必要なんてこれっぽっちもないですから！」

「……ありがとう」

佳乃は震える声に嬉しさを滲ませ、肩に置いた幸四郎の手に手を重ねてくれた。

5

二階の寝室に移動した。

ふたりで手を繋ぎ、狭い階段をあがってくるときは、顔から火が出そうなほど照れくさかったが、部屋に入るとそんなことは言っていられなくなった。

紺色のワンピースに包まれた肉感的なボディが眼の前にあった。甘ったるい汗の匂いが漂ってきた。蒸し暑い中で料理をしてくれたし、娘のきわどい発言にもしきりに汗をかいていたせいだろう。

それに、これから始まることへの緊張感が、さらに彼女を汗ばませているに違いない。

幸四郎は佳乃の腕を取った。

「ぅんんっ！」

抱きしめて唇を重ねると、頭の中が真っ白になった。腕に抱いた肉の量感が見た目から想像した以上だったので、幸四郎は一秒で勃起した。

「ぅんんっ……ぅんあっ……」

佳乃は自分から口を開いて舌を差しだしてきた。幸四郎は驚いたが、すぐに彼女の気持ちが理解できた。焦っているがゆえに、自分から積極的にキスを深めたらしい。

（久しぶりなんだろうな……）

まさか中学生の娘を産んで以来セックスをしていないわけでもないだろうが、色恋沙汰から遠ざかって久しいことは、麻里香の言葉からも、本人の態度からも、想像に難くなかった。

「……ベッドに行きましょうか」

キスを中断してささやくと、

「ぅぅうっ……」

佳乃はうつむいて顎を引いた。熟れた体に似合わず、羞じらう表情がたまらなく可愛らしい。

ベッドに行く前にしなければならないことがあった。幸四郎は抱擁したまま佳乃の首の後ろに手をまわし、ワンピースのホックをはずした。ちりちりとファスナーをさげ、果物の薄皮を剝がすようにワンピースを脱がしていった。

「ああっ、いやっ……」

佳乃は羞じらって声をあげたが、幸四郎もまた、もう少しで声をあげてしまうところだった。佳乃の下着は白だった。眼を見張るほど大きなカップのブラジャーが双乳を覆い、白い薄布が股間にぴっちりと食いこんでいた。どこもかしこもむちむちに張りつめたグラマラスボディと、穢れを知らない清らかな純白が鮮やかなコントラストを描き、幸四郎は完膚なきまでに悩殺されてしまった。

(エロい……エロすぎるだろ、これは……)

とはいえ、らしいと言えば、あまりにも彼女らしいセンスだった。体は熟れても、心は中学生のころと変わらないのだ。

幸四郎は急いで自分もブリーフ一枚になり、佳乃をベッドに押し倒した。

「ぅんんっ……ぅんんっ……」

再び唇を重ね、舌をからめあいながら、佳乃の背中に手をまわしていく。ブラジャーのホックをはずし、カップをめくりあげる。

「あああっ……」

羞じらう佳乃の声とともに、白い乳房がこぼれでた。プリンスメロンのように丸々と実り、汗ばんで濡れ光っている様子がたまらなくいやらしい。

「むうぅっ……」

幸四郎はすかさず裾野からすくいあげた。丸々としているのに蕩けるように柔らかい、熟れた女の乳房だった。乳首は赤身の強いあずき色で、見るからに敏感そうだ。

裾野をやわやわと揉みしだくと、

「んんんっ……」

佳乃はせつなげに眉根を寄せた。その表情が、いつかガンダーラ公園で見た、ジョギング中の表情を思い起こさせた。よほど呼吸が苦しかったのだろう、いまよりずっと必死の形相であえいでいて、途轍もなく卑猥な表情に見えたものだ。愛撫を続ければ、いずれあの表情を拝めるだろうと思うと、ブリーフの中で硬く勃起した男根が、ズキズキと熱い脈動を刻みはじめた。

(それにしても、なんて大きなおっぱいなんだ……)

感嘆に胸を熱くしながら、白い乳肉に指を食いこませていく。興奮のあまり幸四郎の手のひらはみるみる汗ばんでいったが、佳乃も汗っかきらしく、気がつけば左右のふくらみの表面がどちらもヌルヌルになっていた。

「ああっ、いやっ……ああっ、あああっ……」

ヌルヌルの乳房を熱っぽく揉みしだかれ、佳乃があえぐ。まだ触れていない乳首がむくむくと頭をもたげ、赤味を強くしていく。

「乳首、勃ってきたよ」

意地悪げにささやきかけると、

「言わないでっ！」

佳乃は真っ赤になって顔をそむけた。しかし欲情は隠しきれない。物欲しげに尖りきった乳首を、ねろり、ねろり、と舐めあげると、

「くぅうっ……くぅうううーっ！」

必死に声をこらえつつも、淫らがましく身をよじる。

「なんだか不思議な気分だな……」

幸四郎は左右の乳首を唾液で濡れ光らせながら言った。

「中学のクラスメイトと……あの運動会のヒロインとこんなことしてるなんて……」

「わたしだって……まさか七尾くんとこんなことになるなんて、思わなかった……」

眼を見合わせるとお互いに激しく照れて、幸四郎は乳首を口に含んだ。

「あああああっ！」

佳乃が背中を反り返して悶絶する。

（不思議といえば……）

チュパチュパと乳首を吸いながら、幸四郎は思った。この乳首を赤ん坊だった麻里香が吸っていたと思うと、ますますおかしな気分になる。彼女はいい娘だった。マセているのが玉に瑕だが、一緒に暮らすようになってもきっとうまくやっていけるだろう。そのためにも、今日は佳乃を存分に満足させてやらねばならない。

「むううっ……むううっ……」

幸四郎は鼻息を荒げて左右の乳首をむさぼりながら、右手を下肢へと這わせていった。太腿のむっちりした量感が、たまらなかった。乳房に負けず劣らず柔らかく、揉みしだき甲斐がある。さらにヒップへと手のひらを這わせていけば、乳房にも勝る恐るべき丸みに唸らずにはいられなかった。

（まったく、なんていやらしい体なんだ……）

どこを撫でても、どこを揉んでも、ぞくぞくするほど興奮してしまう。愛撫だけでこれほど夢中になったことはかつてなく、女体という海に溺れているような気分だ。

パンティの上からヴィーナスの丘を撫でた。

ここにも女らしい丸みがあり、這わせた指がねちっこく動いてしまう。名器を予感させる土手高ぶりに息を呑みつつ、じわじわと丘の麓へと指をすべり落としていく。

「くぅうううっ……あああっ……」

指がクリトリスの上を通過すると、佳乃の腰はビクンッと跳ねた。感度が高そうだった。さらに指を下に向けると、股布がじっとりと湿っていた。見なくてもシミができていることがはっきりとわかる尋常ではない濡れ方に、幸四郎の胸は高鳴った。

（よーし……）

上体を起こし、佳乃の脚の方に移動していく。パンティの両脇をつかみ、丸々としたヒップからめくっていく。

「ああっ、いやっ……恥ずかしいっ……」

佳乃は真っ赤になった顔を両手で隠して、豊満なボディを揺すりたてた。羞じらう熟女に興奮しながら、幸四郎はパンティをずりさげた。黒い繊毛が眼を射た。意外にも、控えめな生えっぷりだった。縦長に伸びた小判形の草むらが、ヴィーナスの丘を上品に飾っている。ナチュラルに薄いようだ。

（むううっ……この匂いは……）

控えめな繊毛が露わになると同時に、むっと湿った女の匂いが鼻についた。繊毛の薄さとは正反対に、匂いはかなり濃厚だった。四十路を過ぎると性臭も強まるという説を雑誌かなにかで読んだ記憶があるが、それはまさしく、熟女にしかあり得ない完熟のフェロモンだった。

「ああっ、いやっ……いやいやいやっ……」

羞恥に身悶える佳乃の両脚をつかみ、M字に割りひろげていく。濃厚な匂いをむんむんと振りまきながら、繊毛に守られていない女の花が露わになっていく。

「あああっ……」

股間をすっかり露出させせると、佳乃はせつなげにあえいだ。豊満な双乳をタプタプと揺すり、肉づきのいい太腿を波打つように震わせた。

（こ、これは……）

幸四郎は眼を見開き、息を呑んだ。繊毛が生えているのがヴィーナスの丘の上だけなので、アーモンドピンクの女の花が完全に剝きだしだった。縁が妖しくくすんだ花びらは、鳥の鶏冠のような質感を見せつけながらくにゃくにゃとよじれ、巻き貝さながらに身を寄せあっている。まさに男根を受けいれるための性愛器官だった。見るからに、咥えこまれたときの愉悦を彷彿とさせる姿をしていた。

（たまらないよ……）

幸四郎は興奮に震える唇を押しつけた。

「あああーっ！」

佳乃が背中を反らせる。

「むううっ……むううっ……」

幸四郎は荒ぶる鼻息で草むらを揺らしながら、むさぼり舐めた。舌先でアーモンドピンクの花びらをめくりあげると、口に含んで舐めしゃぶり、続けざまに、つやつやと濡れ光る薄桃色の粘膜に舌を這わせていく。

「おいしいっ！　おいしいよっ！　佳乃のオマ×コ、最高においしいっ！」
夢中になるあまり、卑猥な言葉が自然と口から出てしまった。彼女のファースト
ネームを呼び捨てにしたのは、おそらく初めてだった。舌に伝わってくるいやらしす
ぎる感触が、頭の中に火をつけて、まともな判断力を失っていた。
「ああっ、いやっ……言わないでっ……変なこと言わないでっ……」
悶える熟女は、どこまでも可愛かった。羞じらいながらもクンニリングスの愉悦に
溺れ、匂いたつ発情のエキスをしとどに漏らす。じゅるっ、じゅるるっ、と音をたて
て啜っても、あとからあとからこんこんとあふれてくる。
「嬉しいよっ……こんなに燃えてくれて、嬉しいよっ……」
幸四郎はうわごとのように言いながら、夢中で舌を躍らせた。顔中が女の蜜でベト
ベトになっても、かまわずに没頭した。肉厚な花びらの間から、ほじりだすようにし
てクリトリスを露出させ、ねちっこく舐め転がした。

6

「ああっ、ダメッ……もう許してえええっ……」

佳乃が逞しい太腿で顔をギューッと挟んでくる。そろそろやめないと舌先だけでイッてしまいそうだと訴えているわけだが、顔を挟む太腿の感触が気持ちよすぎて、幸四郎はなかなか彼女の股間から口を離せなかった。

「もうイッちゃいそうなのか？」

あらためて両脚をM字に割りひろげながら訊ねると、

「ううっ……」

佳乃はいまにも泣きだしそうな顔でコクコクと顎を引く。その反応が可愛すぎて、もっと責めたててやりたくなる。

「いいんだよ、べつに。舌で一回イッても……」

もはやすっかり包皮を剝ききっている真珠色の肉芽を、ねちねちと舌で転がした。チュパチュパと吸っては、さらに鋭く尖りきらせた。

「ああっ、ダメッ……ホントにダメえええええええーっ！」

幸四郎は佳乃をオルガスムス寸前まで追いこんでから、口を離した。焦らしたかったわけではない。そうではなく、やはり舌先でイカせてしまうのが、もったいなくなってしまったのだ。

どうせなら、一緒にイキたかった。ひとつになった状態で、めくるめく恍惚を分かちあいたかった。

「あああっ……あああああっ……」

クンニリングスを中断しても、佳乃はしばらくの間あえぎ続け、高ぶりすぎた呼吸を整える以外のことはできなかった。幸四郎はそれを尻目に、ブリーフを脱いだ。勃起しきった男根を取りだし、熱い脈動を確かめるように握りしめた。

（落ち着け……落ち着くんだ……）

佳乃に束の間の休憩を与えてやるため、深呼吸をする。それほど激しく、クンニリングスで悶えていたからだ。

しかし佳乃は、幸四郎がブリーフを脱いだことに気づくと、まだハアハアと息をはずませているにもかかわらず、腰にむしゃぶりついてきた。

「わたしにもっ……わたしにもさせてくださいっ……」

幸四郎を押し倒し、あお向けに寝かせた。

彼女の呼吸が整ったら挿入してしまおうと思っていた幸四郎は、意表を突かれた気分だった。もちろん、口腔奉仕を受けられるのなら、それに越したことはない。しかし、久しぶりのセックスで息があがっている彼女に、そこまで望むのは酷だと思ったのだ。今日ばかりはこちらが徹底的に責めたてて、思う存分絶頂させてやってもよかったのだ。

そんな気持ちも知らぬげに、佳乃はあお向けに寝た幸四郎の両脚の間で四つん這いになった。そそり勃った男根に右手を添え、左手で髪をかきあげながら、硬くみなぎった肉竿の裏筋にねっとりと舌を這わせてきた。

「むううっ……」

幸四郎は息を呑んだ。ねろり、ねろり、と舐めあげられるほどに、呼吸を忘れて顔を真っ赤に茹(ゆ)であげていった。

「うんんっ……ぅんんっ……」

鼻息をはずませながら男根を舐めまわす佳乃のフェラチオは、決して練達ではなかった。むしろぎこちないと言っていいほどで、たとえば智世の超絶的な回春マッサージと比べれば、技術的には天と地ほどの差があった。

だが、佳乃の舌がおのが男根を這いまわるほどに、幸四郎は体の内側からポカポカと温まっていくような、不思議な感覚を覚えた。口唇に亀頭が咥えこまれ、しゃぶりまわされると、その感覚はさらに鮮明になった。興奮を超えた陶酔感が訪れた。

「ぅんんっ……ぅんんっ……」

ぎこちなく唇をスライドさせながら、上目遣いにこちらを見てくる視線にやられた。眼が合うたびに、せつなさにも似た感情が怒濤の勢いでこみあげてきて、目頭が熱くなった。感極まる寸前で、男根だけを硬くみなぎらせていった。

これが愛なのかもしれない、と思った。

セックスはなにも、テクニックだけでするものではない。それを上まわるなにかが、感情のひだの中にある。

正直に言えば、幸四郎はこのとき初めて、佳乃を心から愛している自分に気づいたのだった。ねろり、ねろり、と男の器官を舐められるほどに、愛おしさと淫らな興奮がせめぎ合いながらこみあげてきて、いても立ってもいられなくなった。

「……もういい」

首に何本も筋を浮かべながら佳乃の頭をつかみ、男根を彼女の口から離した。

「もう欲しい……ひとつになりたい……」

「ううう……」

口のまわりの唾液を拭う佳乃からも、わたしも欲しいという心の声が聞こえてきた。

問題は体位だった。

肉感的な彼女を、バックから突きまくりたいのは山々だったが、ファーストコンタクトでいきなりワンワンスタイルを求めて、スケベな男だと思われたくなかった。愛しい彼女であればこそ、最初は正常位で結合し、眼と眼を合わせながら恍惚を分かちあったほうがいいのではないだろうか。四十路を過ぎていても、彼女はセックスに対して奥手だから、最初はそのほうがいいに違いない。

それでもバックを諦めきれず、

「どうやって……しようか？」

小声で訊ねた。彼女が求めるやり方が正常位なら、すっぱりと諦めればいい。

「後ろから……」

佳乃は幸四郎よりさらに小さな声で、恥ずかしそうに答えた。

「バックでしてください」

「す、好きなのか？　後ろからされるのが……」

幸四郎は色めき立ってしまった。

「なんとなく……」

佳乃は曖昧に首を傾げた。

「なんとなく、七尾くんに後ろからされてみたいから……」

「……わかった」

幸四郎はたぎった顔でうなずいた。以心伝心が嬉しくなり、早速、佳乃を四つん這いにうながした。

（うわあっ……）

突きだされた尻を見て、幸四郎は息を呑んだ。元より小玉スイカをふたつ並べたような双丘だった。それが突きだされたことでひときわ丸みを帯び、濡れた桃割れからは獣じみた発情の匂いがむんむんと漂ってくる。

幸四郎は腰を寄せていき、勃起しきった男根の切っ先を女の割れ目にあてがった。

「ああんっ……」

ヌルリと性器がこすれあい、佳乃が声をもらす。結合の衝撃に備えて、四つん這いになった体をこわばらせる。

（いよいよ……いよいよ彼女と……）

幸四郎は佳乃の腰を両手でつかんだ。突きだされた尻がどこまでも丸くても、腰がきっちりくびれているのが熟女ならではのスタイルである。

「いくぞ……」

腹筋に力をこめ、男根をずいっと前に送りだしていく。

「んんんんっ……」

佳乃はくぐもった声をもらし、ますます四肢をこわばらせた。しかし、ずぶりっと亀頭を埋めこんだ瞬間、みずから尻を押しつけて男根を迎え入れようとした。

（い、いやらしいな……）

幸四郎は感嘆しつつも意地悪がしたくなった。あえて前に進むのをやめ、半分ほど挿入したところで小刻みに出し入れをした。もう充分に潤みきった蜜壺から、くちゅくちゅと音がたつ。まだ到達していない最奥から、発情のエキスが泉のようにあふれだしてくる。

「ああっ、早くっ……」

佳乃がせつなげに身震いする。ぶるぶるっ、ぶるぶるっ、という肉の震動が、半分だけ繋がった男根を通じて響いてくる。

「早くっ……早くちょうだいっ……奥まで入れてっ……あああっ……」

欲情にあえぐ佳乃の丸尻を、幸四郎は両手で撫でまわした。あえぐ姿が可愛らしくて、もう少し焦らしてやろうと思った。しかし、きゅうきゅうと締めあげてくる蜜壺が、それを許してくれない。すぐに我慢できなくなり、双丘を撫でていた手を腰に戻した。腰を引き寄せながら、ずんっとしたたかに突きあげた。

「はっ、はぁうううううーっ！」

佳乃は甲高い悲鳴をあげ、両手を突っ張ってしたたかにのけぞった。タプン、タプンと音がたち、背後にいる幸四郎にも豊満な乳房が揺れはずんでいるのがわかった。

（す、すごいぞ……）

結合しただけで、幸四郎の顔は真っ赤に燃えあがっていった。佳乃の蜜壺は特別締まりがキツいわけではなかった。むしろ柔らかに包みこまれるような結合感だったが、肉ひだの一枚一枚が蛭（ひる）のようにうごめいていた。カリのくびれに吸いつき、からみついて、刺激を求めてきた。

たまらず腰を動かした。からみついてくる肉ひだを振り払うように抜いて、もう一度入っていく。ぐいぐいとピストン運動を送りこむと、中の蠢動（しゅんどう）はひときわ淫らになり、一足飛びに突きあげる力が強まっていく。

「あああっ……はぁあああっ……」

びしょ濡れの蜜壺をずぼずぼとえぐられ、佳乃はあえいだ。豊満な乳房を揺らし、尻と太腿を小刻みにわななかせて、喜悦にむせび泣く。

「そ、そこっ……あたるっ……あたってるううっ……」

敏感な反応を見せたところに、ずんずんと連打を送りこむと、

「はっ、はぁおおおおーっ！　いいっ！　いいぃいいいいいいーっ！」

佳乃は髪を振り乱してよがり始めた。

（なんだ……なんだこれは……）

ぐいぐいと腰を振りたてながら、幸四郎は衝撃を受けていた。佳乃が「あたる」と言っている性感のポイントを亀頭で突くと、他にはない刺激があった。上壁にざらつ

きがあり、そこにこすれる刺激がたまらなく心地いい。これがいわゆるカズノコ天井というやつなのか、佳乃をよがり泣かせるだけではなく、突いている幸四郎もみるみるうちに夢中にさせられた。

「むうっ！　むううっ！」

鼻息を荒げて、丸々とした尻を、パンパンッ、パンパンッ、と打ち鳴らす。玉袋の裏まで発情のエキスが垂れ流れてくるのを感じながら、カリのくびれで濡れた肉ひだをしたたかに逆撫でにする。

「ああっ……はぁああっ……いやいやっ！　おかしくなるっ！　そんなにされたらおかしくなっちゃうっ！」

佳乃は涙まじりの声をあげると、首をひねって振り返った。きゅうっと眉根を寄せ、ぎりぎりまで細めた眼をねっとりと潤ませて、すがるように見つめてきた。

（こ、これは……）

幸四郎は一瞬、腰の動きをとめてしまった。

あの顔だった。

早朝のガンダーラ公園でジョギング中に見せていた、あのいやらしすぎる表情で佳乃はあえいでいたのだった。

　吸い寄せられるように顔を近づけていき、腰をつかんでいた両手を胸にすべらせた。双乳をつかんで佳乃の背中を反らせ、唇を重ねた。

「ぅんんっ……ぅんんっ……」

　ネチャネチャと舌をからめあいながら、乳房をしたたかに揉みしだくと、佳乃の眉間に刻まれた縦皺はますます深まった。眼の下が淫靡な赤にねっとりと染まり、表情のいやらしさが倍増していった。

（たまらない……たまらないよ、これは……）

　このままバックで突きつづけたいのは山々だったが、もっと彼女のあえぎ顔を眺めていたかった。寝室に姿見を運びこんでおけばよかったと後悔したが、もはや後の祭りである。いまから運んでくるという手もあったが、結合をといてまでそんなことをすれば佳乃をシラけさせてしまうだろうし、なにより幸四郎自身が男根を抜きたくなかった。

「ぅんんっ……ぅんんあっ……」

　佳乃がキスをといて前を向いた。首をひねっている体勢がつらくなったのだろう。

その瞬間、やはりあえぎ顔を見続けたいという欲望が、バックで突きつづけたいという欲望に勝った。

（よーし……）

幸四郎は佳乃の背中に体重をかけ、四つん這いの体勢を潰した。いったん女体をうつ伏せにすると、結合を保ったまま横向きになり、脚を交差させて上体を起こした。

松葉崩しである。

「ああっ、いやっ……こ、こんな格好っ……」

あられもない横ハメ状態に佳乃は激しく羞じらったが、幸四郎は彼女の片脚を抱きしめる格好で、腰を使いはじめた。ノーマルな正常位も悪くはなかったが、こちらのほうが責め手が多い。腰を使いながら、乳房やクリトリスをとことん責め抜いて、喜悦に歪む百面相を拝むことができる。

「むうっ！　むううっ！」

悠然としたピッチで男根を抜き差ししながら、まずは乳房に手を伸ばした。発情の汗にまみれた豊満な肉房に、むぎゅむぎゅと指を食いこませた。

（これは……なかなかいいぞ……）

肉感的なボディを責めるにはバックが一番、と思っていた幸四郎だが、松葉崩しも悪くなかった。佳乃の片腿をまたいでいる格好なので、手では乳房を揉みながら、両脚の間で太腿の弾力も味わうことができる。

「くっ、くぅうううううーっ！」

乳首をつまんで揉みつぶしてやると、佳乃は首に筋を浮かべて悶絶した。顔も紅潮していたが、それよりも赤く染まった首筋や耳殻がいやらしい。

(こうしたら、どうだ？)

幸四郎は満を持して結合部に右手を這わせていった。恥毛が薄いから、簡単にクリトリスを見つけだすことができる。男根をぐいぐいと抜き差ししながら、興奮に包皮を剥ききっている真珠色の肉芽をいじりまわしてやる。

「はっ、はぁあおおおおおーっ！」

佳乃はカッと眼を見開き、獣じみた悲鳴をあげた。

「そ、それはダメッ……それはダメえええええーっ！」

「どうしてだい？　気持ちいいだろう？」

幸四郎は勝ち誇った顔で言った。クリトリスをいじりだした瞬間、蜜壺の締まりがいや増し、密着感が倍増した。

「ほーら、ほーら。オマ×コはぎゅうぎゅう締めてくるぞ。チ×ポを食いちぎりそうな勢いだぞ」

「ダ、ダメッ……イッちゃうっ……そんなことしたらっ……イ、イクッ……」

ジタバタと両手を振りまわし、シーツをつかんだ。白い喉を突きだし、量感のある双乳を激しく揺さぶった。

くしゃくしゃに歪んだ顔が卑猥だった。それはもう、期待以上だった。すがるように見つめてきては、ぎゅっと眼をつぶる。閉じることができなくなった赤い唇で、あわわとあえぐ。再び眼を開けると、ぎりぎりまで細めて瞳を潤みきらせる。眉間に刻まれた縦皺はそれ以上深くなれないほど深くなり、頬がピクピクと痙攣しはじめる。

「ああっ、いやっ……いやいやいやっ……イクッ……もうイクッ……はっ、はぁおおおおおおおーっ！」

肉感的なボディを、ビクンッ、ビクンッ、と跳ねさせて、佳乃はオルガスムスに駆けあがっていった。肉感的なボディだけに、歓喜に体中の肉を痙攣させる様子が、この世のものとは思えないほどいやらしい。

「むうう……」

幸四郎はアクメに達して食い締めを増した蜜壺に唸りながら、体位を変えた。あられもなくゆき果てていった佳乃の姿が愛おしすぎて、抱きしめずにはいられなかった。正常位になって、きつく抱擁した。絶頂の衝撃にあえぎ、痙攣のとまらない女体に、渾身のストロークを送りこんだ。

「ダ、ダメえええええーっ！」

腕の中で佳乃が暴れだした。

「そんなにしたら壊れるっ……壊れちゃううううーっ！」

「むうう！」

幸四郎はかまわず怒濤の連打を浴びせた。オルガスムスに達した女体の突き心地は最高で、とてもやめる気にはなれなかった。むさぼるように腰を使い、はちきれんばかりに硬くみなぎった男根を抜き差しした。ずちゅっ、ぐちゅっ、と汁気の多い音をたて、したたかに貫いた。あまりの快感に全身の毛穴が開きそうだった。

「はぁううっ！　助けてっ！　助けてえええっ……」

「出すぞっ……もう出すぞっ……」

唸るように言い、スパートをかける。息をとめ、頭の中を真っ白にし、肉の悦びだけに溺れていく。

「おおおうぅーっ！」

雄叫びをあげて、最後の楔（くさび）を打ちこんだ。下半身で空前の大爆発が起こり、煮えたぎる欲望のエキスが噴射した。男根が、ドクンッ、ドクンッ、と暴れまわり、男の精が蜜壺の中に氾濫していく。

「ああっ、いやっ……またイクッ！　続けてイッちゃううううううーっ！」

佳乃がのけぞりながらしがみついてくる。その股間をしつこく突きあげながら、幸四郎は長々と射精を続けた。灼熱の粘液を吐きだすたびに魂までも抜けだしていくような会心の射精を、最後の一滴まで味わい抜いた。

エピローグ

秋が来た。

今年の夏は暑かったので、まだ初秋にもかかわらず風がやたらと冷たく感じられる。

(俺の人生も、もう秋だなあ……)

ジョギングシューズの紐を縛りながら、幸四郎は胸底でつぶやいた。扉を開け、ガンダーラ公園で準備運動を始めると、佳乃と麻里香の母娘が向こうから走ってきた。

ふたりとも、夜叉(やしゃ)か般若(はんにゃ)のような顔をして睨んでくる。

眼を吊りあげ、無言で走り去っていく後ろ姿からは、舌打ちでも聞こえそうだった。

(まったく嫌味だよな。そんなにムキになって毎朝走ることないじゃないかよ……)

幸四郎は深い溜息をつき、脚を引きずるようにして走りだした。

佳乃は朝が苦手だったはずだし、以前は娘に付き合って公園まで来ても、ベンチに座っておしゃべりばかりしていた。

なのに走っている。

麻里香にしても、もう運動会は終わったはずなのに、毎朝走ることをやめない。

幸四郎に対するあてつけだった。

結婚の約束を反故(ほご)にした嘘つき男を睨みつけるためだけに、母娘は走っているのである。

哀しかった。

幸四郎にしても、本当なら佳乃と結婚したかったのである。父親を知らずに育った麻里香に、賑やかな食卓を毎日味わわせてやりたかったのである。

だが……。

ちょうど、佳乃と契(ちぎ)りを交わした翌日のことだった。

「いまから東京に行くから」

妻の雅美から電話がかかってきた。

「電話で話しても埒があかないし、就職の件について直接話しあいましょう。あなたがあくまで反対するというなら、離婚しかありません。東京へ行く前に市役所に寄って、離婚届を持っていきます」

幸四郎にとっては願ってもない展開だった。

佳乃にはもう離婚をしていると言っている以上、それが早々に現実になることは歓迎すべき事態であり、離婚を拒む必要などない。その日は定時に仕事を引きあげて帰宅した。佳乃と麻里香の三人で送ることになる新生活を想像しては、わくわくと胸を躍らせながら、雅美がやってくるのを待っていた。

「……えっ？」

久しぶりに再会した雅美は、眼を見開いて息を呑んだ。不思議そうな顔で、幸四郎の姿をしげしげと眺めた。

「どうしちゃったの、あなた……」

「なにが？」

「だってメタボ気味だったお腹がすっかりへっこんでるし、顔も体も、結婚したころより引き締まってるじゃない？」

「ああ……」

幸四郎は笑った。

「この家、眼の前が公園だろ。毎朝ジョギングしてたら自然にな……」

「へええ」

雅美は感嘆したようにうなずきつつ、まだしつこく見つめてきた。

「それに、なんだかちょっと男らしくなったみたい。セクシーって言ったら褒めすぎだけど、牡のフェロモンがむんむんよ」

「からかうなよ」

幸四郎は笑って誤魔化しつつ、内心で震えあがっていた。たしかに妻の言うとおりかもしれなかった。ジョギングのせいだけではなく、短期間に四人もの女と体を重ねたのだから、牡のフェロモンが出ていても不思議ではない。まったく女の眼は侮れないが、正式に離婚する前に、佳乃の存在を嗅ぎつけられたら一大事である。

「そんなことより、今日は話しあいに来たんだろ？　俺はキミの就職を認める気はないし、同居を拒むなら、もう離婚でもいいと思ってるんだ」

妻はむっつりと押し黙り、意地悪げな上目遣いを向けてきた。

「あなた、他に女ができたのね？」

「なに言ってるんだよ」

背中に冷や汗がツツーッと流れた。

「だって、じゃなきゃおかしいじゃない。牡のフェロモンむんむんになってたかと思えば、急に離婚してもいいなんて言いだして」

「いやいやいや、自分が先に就職を認めなけりゃ離婚だって言ったんだぜ。地元で就職するってことは、東京で同居できないってことじゃないか」

「……抱いて」

妻はにわかに瞳を潤ませ、身を寄せてきた。

「浮気してないなら抱いて。離婚するにしたって、最後に一回くらい抱いてくれたっていいじゃない。わたしたち、一度は愛しあった仲でしょう？」

「いや、その……まいったな……」

幸四郎は雅美の誘いに抗いきれず、抱いてしまった。たしかに一度は愛しあった仲だし、お別れの情事というのも悪くない、とスケベ心が働いてしまったからだった。

雅美はイキまくった。

正確には幸四郎がイカせまくった。

立てつづけに四人もの女とまぐわったせいで、やり方もかつてより洗練されたのだろう。おまけに勝手知ったる古女房の体だった。面白いくらい何度も、オルガスムスに導いてやることができた。

しかし、その結果……。

雅美はなんと、地元での就職話をうっちゃり、東京に引っ越してくることになってしまったのである。

「わたし、こんなにすごいセックスしたの初めて……こんなセックスができるなら、地元なんて捨ててあなたと暮らすことにする。いままでわがまま言ってごめんなさい」

幸四郎は呆然とするしかなかった。

最後の一回のつもりでハッスルしすぎたことが、裏目に出たのだった。

心はすっかり佳乃のほうに傾いていたのに、悔やんでも悔やみきれなかった。雅美に離婚の意思がなくなれば、別れるのは容易ではない。こちらに女がいることがわかった途端、膨大な慰謝料を請求してくるに決まっている。

(本当は実りの秋になるはずだったのにな……)

木の葉が舞い散るジョギングコースを、幸四郎は黙々と走った。家に帰れば、雅美が朝食をつくって待っている。山芋だのオクラだの生卵だの、最近食卓にあがるのは精力がつきそうなものばかりだった。

（まあ、これも人生か……）

いい歳をして甘い夢を見た自分が愚かだったのだ、と深い溜息をついた。自分にできることは、今夜もせいぜい古女房をひいひい言わせてやることくらいだと、遠い目で舞い散る落ち葉を眺めながら走った。

（了）

※この作品は二〇一二年五月に徳間文庫より刊行された
『人妻しずく』を一部加筆訂正し改題したものです。

＊本作品はフィクションです。作品内に登場する人名、地名、団体名等は実在のものとは関係ありません。

長編小説
ジョギング妻（づま）のしずく
草凪（くさなぎ） 優（ゆう）

2018年4月16日　初版第一刷発行

ブックデザイン……………………… 橋元浩明(sowhat.Inc.)

発行人……………………………………… 後藤明信
発行所………………………………… 株式会社竹書房
〒102-0072　東京都千代田区飯田橋２－７－３
電話　03-3264-1576（代表）
03-3234-6301（編集）
http://www.takeshobo.co.jp
印刷・製本……………………………… 凸版印刷株式会社

ISBN978-4-8019-1438-4　C0193